KB005870

겸연
고준형
구름
국봉자
국예슬
금동댁
김서현
김연서
김요다
나비홍
낼할콩맘
니니정
댄스문
로하알로하
룽딴지
만득
별혜
복순이젤리
비비안과함께
애옹레옹엄마
오미르
용식이형아
유정가인
유진
윤영호
이경민
이규희
이락규
이수지
이영주
이용덕
전남댁
정은지
제나
족족이누나
첸
최영
최은설
캡
홍고양
badac
coolcat
virro

:고양이와 함께 살고 있는 사람들이다.

우리는
인사를 했고
평생
함께할 거야

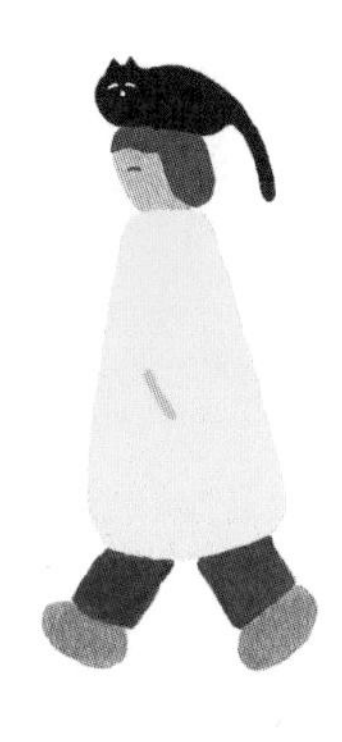

겸연 외 42인 씀

곰곰

고양이라서 고마워 11

우연 아닌 운명 103

우리 집에 와 줘서 고마워 157

고양이라서 고마워

우리는 이제 인사를 했고

같이 집으로 갈 거고

평생 함께할 거야.

서로의 삶을 구제한
나비, 레오, 바지, 강이, 연두 가족

_나비홍

처음과 같이 영원히

동물에 대한 호감이 전혀 없던 시절, 친구가 하룻밤만 부탁한다며 던져두고 가다시피 했던 상자 속 작은 고양이. 쳐다볼 엄두도 내지 못한 채 밤은 오고, 막 시작한 독립생활의 두려움에 여느 때와 마찬가지로 잠 못 들고 뒤척거리고 있던 어느 순간, 허리에 따뜻한 기운이 지그시 퍼졌다. 나는 그 행복한 무게에 홀려 그날 처음으로 단잠을 잤고, 우리는 가족이 되었다. 내 인생의 첫 고양이니만치 당연히 이름은 '나비'가 되었다.

넌 너무 예뻐

일하다가도 집에 혼자 있을 나비 생각만 하면 마음이 뭉클해지고 눈물이 나는 팔불출 생활이 시작됐다. 어느 날, 동료가 고양이 입양을 알아봐 달라고 하던 차, 당시 활동하던 동호회 회원이 임시로 보호하고 있는 고양이를 입양 보낸다고 해서 달려갔다. 거기에는 이런저런 사연으로 입양을 기다리고 있는 아깽이들이 서넛 있었는데, 그중 눈에 띄는 노란 고양이가 있었다. 정작 같이 간 동료는 선뜻 맘이 내키지 않는지 의사가 없었는데, 나는 그 노랑이의 미모에 마음을 빼겨 데려오고 말았다. 족발집 앞에서 뼈다귀를 핥고 있다 구조되어 '바리'라 불리던 아이는 내게로 와서 '레오'가 되었다.

넌 너무 못생겨서

한 학생이 울며 하소연했다. 길에서 데려온 고양이가 있는데 엄마가 못 키우게 해서 이집 저집 떠돌고 있다고. 올블랙의 예쁜 새끼 고양이라고 해서 입양 보내기 어렵지 않겠다고 여겼다. 막상 대면한 고양이는 못생긴 젖소 무늬에 한 살은 족히 지났을 체구. 이 못생긴 중고양이를 입양 보낼 자신이 없어서 숟가락 하나 더 놓자는 심정으로 같이 살게 되었다. 그래, 딸이 셋은 돼야지. 딸 많은 집 막내가 그러하듯 이름은 '바지'.

넌 볼품없는 데다가 피부병까지

또 한 학생이 울며 말했다. "새끼 고양이 병원비가 4만 원이 나와서 아빠가 내다 버리래요. 어떡해요?" 채 3개월도 안 된 것 같은 고양이는 피부병만 고치면 입양 보낼 수 있을 것 같았다. 그

위에서부터
나비, 레오, 바지,
강이, 연두

다정한 나비와 레오, 그리고 나비 언니를 잘 따르는 연두

피부병, 그 망할 피부병은 우리 모두에게 퍼졌고 고양이 병원, 사람 병원 다니며 1년여 시간이 지나 버렸다. 입양이고 뭐고 그저 건강하게 같이 잘 살자고 '강이'.

우리들의 막내

주차장 한 구석, 늦가을 햇살에 눈을 지그시 감고 있던 고양이. 왼쪽 뒷다리 허벅지 뼈가 골절되어 있었고, 오른쪽 뒷다리에는 구더기들이 득시글거리고 있었으며, 꼬리가 잘려 있었다. 근처 병원에서는 안락사를 권했고, 나는 무엇이 최선인지 고민하며 눈물을 쏟았다. 작은 방에 데려다 놓고 얘기했다.

"너는 지금 상태가 너무 안 좋아서 아무것도 할 수가 없대. 이 밥을 먹고 힘을 내면, 내가 최선을 다해 볼게."

아이는 거칠게 저항하면서도 밥을 먹고, 구더기를 잡는 손길을 참아 내고, 가끔은 골골거리기도 하면서 힘을 길렀다. 허벅지 골절 수술, 중성화 수술(고양이의 생식 기능을 제거하는 수술)까지 마치고 고비를 넘었다고 생각했을 때, 염증이 심했던 오른쪽 뒷다리 인대가 녹아 버려서 허벅지 뼈와 정강뼈가 분리되었다. 뭐라 말할 수 없는 절망감과 미안함에 낙심했다. 그렇지만 처음부터 아이의 사연을 알고 응원하던 동호회원들의 후원과 담당 선생님의 열의로 인공 인대 수술을 받고 터널을 빠져나왔다. 위의 네 언니들을 너무도 좋아하고 의지하는 '연두'는 우리 막내가 되었다.

고양이 다섯, 사람 하나로 북적이던 집안은 2015년에 레오가, 그리고 2018년에 나비가 떠나면서 허룩해졌지만 우리는 잘 알고 있다. 우리는 서로의 삶을 구제했다고. 그래서 행복했다고.

달과 밤은 어디서 왔나

_구름

몽실몽실 커다란 털 뭉치들은 사람을 봐도 도망가지 않고 제집인 양 마당에서 굴러다녔다. 작은 마당이 딸려 있는 우리 집에는 외출이 잦은 어머니와 집에 거의 붙어 있지 않는 나, 이렇게 단둘이 산다. 한낮에는 빈집이나 다름없으니 이 녀석들은 마냥 편한 모양이다.

누군가 이사를 가면서 고양이를 우리 집 근처에 버렸다. 버려지고 나서 새끼 두 마리를 낳았는지, 그 인간들이 세 마리를 한꺼번에 버렸는지는 잘 모른다. 그러니까 2013년 봄, 유기묘 가족들과 마당을 공유하기 시작했다. 그들은 집 주변을 배회하며 살았고, 나는 마당에 밥그릇과 물그릇, 똥그릇을 놔 주었다. 어미 고양이는 밝은 회색, 새끼 중 큰 놈은 회색, 작은 놈은 어두운 회색. 나는 '달' '밤' '깜'이라는 이름을 붙여 주었다. 하나의 몸짓에 지나지 않게 그냥 두었어야 했는데, 이름을 불러 주는 바람에 그들은 나에게로 와서 '큰 짐'이 되었다.

2013년 가을, '달'은 허름한 빌라 한 구석에 버려진 장롱에서 두 번째 새끼를 낳았다. 혼자 사시는 할머니가 돌봐 주었다

마당에 살던 '달'(위)과 '밤'은 자연스럽게 집고양이가 되었다.

고 이웃에게 들었다. 계절이 바뀔 때마다 집 근처 길고양이 수는 늘어났고, 유기묘 가족과 다른 길고양이 가족 간의 영역 다툼도 일어났다. 내가 개입한 일이라고는 길고양이 가족 중 두 녀석에게 중성화 수술을 해 준 것이 전부였다. 이 기억이 끔찍했는지 길고양이 가족은 집 근처 영역을 떠났다.

2014년 봄, '달'은 우리 집 보일러실에서 새끼를 낳았다. 나는 다른 고양이들의 공격을 받을까 봐 걱정이 되어 '달'과 새끼들을 집 안으로 들였다. 어머니는 펄펄 뛰셨지만 어린 생명을 마당으로 내칠 만큼 모질지는 못하셨다. 그렇게 고양이 네 마리와 인간 두 명의 동거가 시작됐다. 새끼 고양이 세 마리 '두리' '서로' '담따' 역시 나에게로 와서 '더 큰 짐'이 되었다. 그해 여름에 새끼 고양이들을 모두 입양 보냈다. 새끼가 사라질 때마다 '달'은 이틀 정도 울면서 새끼를 찾아다녔다.

'달'에게 중성화 수술을 해 주기 전에, 귀에 표식을 해 주고 길고양이로 살게 해야 할까, 집고양이로 거두어야 할까 수차례 고민했다. 다시 집 밖으로 나가라고 하면 '달'은 나를 어떻게 생각할까? 어떤 인간이 몇 달 동안 호의를 베풀었다고 여길까, 이 인간도 자신을 버렸다고 여길까? 몇 번을 생각해도 두 번 버려졌다고 여길 것 같았다. 새끼를 입양 보내고 중성화 수술을 시켰는데도 '달'은 나를 떠나지 않았다. 나를 이미 가족이라고 여기고 있었다. '달'에게 미안하고 또 고마웠다.

몇 달 뒤, 경계의 눈빛을 풀지 않던 '밤'은 결심이나 한 듯 성큼성큼 집으로 들어왔다. 1년 넘게 길고양이로 살았는데 '달'과 '밤'은 아주 자연스럽게 집고양이가 되었다.

'달'과 '밤'은 잠들기 전에 10분쯤 내 주변에 누웠다 간다. '달'은 옆에 와서 배를 보이고 눕고, '밤'은 머리맡에서 엉덩이를 내 얼굴 쪽에 대고 꼬리로 코를 간질인다. 한 손으로는 '달'의 턱을 만져 주고 다른 손으로는 '밤'의 엉덩이를 토닥토닥해 준다.

"예쁜 달이는 어디서 왔어? 우리 밤이는 어디서 왔지? 밤이는 달이가 낳았는데, 달이는 어디서 왔어?"

유치한 사랑 놀음 같기도 하지만 매일 밤 이렇게 중얼거리다가 잠이 든다.

가지가 어떻게 우리 집에 오게 됐냐면

_badac

시골 작은 동네에서 사람을 잘 따르는 아기 고양이 한 마리가 학생들이랑 놀다가 고등학교까지 따라갔어. 단숨에 학교 스타가 되었는데, 집사인 학생들은 이 녀석을 학교에서 책임지고 계속 키울 게 아니라면 다시 있던 자리로 돌려보내거나 입양 갈 집을 찾아 줘야 한다고 생각했어.

평소에 동네에서 고민 상담을 해 주던 Y 선생님께 상의하러 갔지. 근처에는 동네 길고양이 밥을 챙겨 주던 J 사장님이 계셔서 사료도 얻어서 먹였어. 고양이를 학교까지 데려온 최초 발견자에게 물어물어 고양이를 만난 집 근처로 가서 혹시 그 집에서 키우는 고양이가 아닌지 알아봤어. 한 할머니가 생선찌개 남은 걸 길고양이들 먹으라고 집 앞에 내놓으시며, 내 고양이 아니다, 너희들이 데려다 키워라 하고 말씀하셨대.

그때부터 아기 고양이 집 찾아 주기 작전이 시작되었어. Y 선생님 아는 분 중에 고양이를 입양하고 싶어 하는 분이 계셔서 작전은 쉽게 끝나는가 싶었지. 데리고 가기로 약속한 날까지는 Y 선생님 사무실에서 고양이를 함께 돌보기로 했어.

나는 당시 면사무소 근처 카페에서 아르바이트를 하고 있었는데, 아기 고양이 보러 가는 J 사장님을 길에서 만나 함께 놀러 갔어. 몇 년 전 J 사장님이 한 달 동안 여행 갔을 때 그 집에 살면서 고양이를 돌본 적이 있거든. 내가 고양이를 좋아하고 언젠가 기회가 되면 가족으로 맞이하고 싶어 하는 걸 알아서 나에게 아기 고양이를 소개시켜 준 거야.

그때 나는 이사를 앞두고 있었어. 주공아파트 입주 시기를 1년 넘게 손꼽아 기다리며, 가능하면 새집에서 고양이랑 함께 살고 싶다고 생각해 왔어. 태명을 짓듯 미래의 고양이에게 주공이라는 이름도 지어 놓고 말이지. 그래도 그 아기가 내 고양이가 될 줄은 몰랐지. 입양 가기로 한 집이 정해져 있었으니까.

그런데 약속한 날이 하루 이틀 미루어지더니 데려간 지 하루 만에 고양이를 다시 돌려보냈어. 생각보다 너무 시끄럽다며, 집에 신생아가 있는데 안 좋을 거 같다느니, 베란다에서 키우려고 했는데 밤새 울어서 한숨도 못 잤다느니 하면서. J 사장님, Y 선생님, 고등학생 친구들 모두 분노하며 이 아이를 어떻게 할까 고민하길래, 내가 데려오고 싶다고 말씀드렸지. 이 친구 아무래도 우리 집에 올 인연이 아닐까 싶었거든. 상상 속의 주공이처럼 이 아이도 고등어 줄무늬였고, 나는 고양이와 함께 사는 생활에 대해서 몇 년 동안 진지하게 생각하며 준비하고 있었으니까.

그래도 정말 책임지고 함께 살 수 있을까, 과연 내가? 두렵고 걱정되어 선배 집사들을 찾아갔어. 당신들이 보기에 내가 집사 자격이 있는지 한번 심사해 줄 수 있냐고 물었지.

J 사장님은 데려가지 말고 Y 선생님 사무실에서 함께 돌

오이 동생 가지

보자고 했어. 결코 가볍지 않은 일이니까. 다른 집사 두 명은 무조건 데리고 가라, 내가 보니 정말 잘생긴 아이다, 중성화 수술도 시켜 주마, 처음에 필요한 물건들도 다 물려주마 하며 호들갑을 떨었어. 그분들도 동네 고양이들 밥을 챙겨 주는 분들이었는데, 길에서 사는 녀석들 중 한 마리라도 집을 찾는 게 중요하다고 생각하는 사람들이었지. 고양이 집 찾아 주기 핵심 인물이었던 고등학생 친구들도 내가 데리고 가는 데 찬성했어.

그리고 마지막으로 '오이'의 집사인 T가, 앞으로 이 아이가 살아갈 15년을 끝까지 책임질 각오가 되어 있느냐고 내게 물었어.

나는 확신할 순 없었지. 그래서 선배들에게 물어보러 다닌 거였으니까. 그러다 생각했어. 인생이 계획대로 되는 게 아니듯이 운명을 받아들여야 할 때도 있는 거다. 이 친구는 우리 집에 오게 되어 있었던 거다. 오이네 집사를 만나고 나니 왔다 갔다 고민하던 내 마음이 정리가 되더라. 그래서 오이에게 허락도 맡지 않고 오이 동생 '가지'라는 이름을 지었지. 우리는 함께 산 지 이제 2년이 갓 넘었어.

학교의 루이

_김서현

'고양이'를 처음 만난 건 고등학교 3학년이 되던 봄이었습니다. 우리 학교에는 매점과 학교 건물 사이에 공터가 있었어요. 저녁을 먹고 공터를 지나는데, 아이들 서너 명이 옹기종기 모여서 무언가를 바라보고 있는 게 보였어요. 고양이 한 마리가 수풀 사이 나무에 올라타고 있었거든요. 아마도 나무 위의 까치를 노리는 것 같았어요. 사람이 조금이라도 다가가려고 하면 하악질(고양이가 상대를 위협하려고 '하악' 하는 소리를 내는 행동)을 하며 숨는 바람에 더 가까이 가지 못하고 교실로 돌아갔습니다.

그저 수많은 길고양이 중 하나로 여기고 잊었습니다. 그 고양이가 다시 나타나기 전까지는요. 며칠 뒤, 아이들에게 둘러싸여 매점 소시지를 받아먹고 있는 것을 보았습니다. 먹을 것을 주자 태도가 바뀌었다고 하더군요. 그때부터 고양이는 매일 아침 학교로 출근하고, 학생들이 하교할 즈음에 퇴근했습니다.

어릴 때부터 고양이를 키우고 싶었지만 고양이가 없었던 고등학생에게는 일생일대의 기회였습니다. 점심과 저녁을 먹고 남는 시간에 고양이를 만지기 시작했습니다. 친해지면서

학교 다니던 루이(위)와 백수 루이

하루 두 번 물과 사료를 챙겨 주고, 점점 많은 시간을 함께했습니다. 고양이가 좋아한다는 캣닙 화분을 교실에서 기르기도 했습니다.

이 무렵부터 친구들은 저를 '고양이 엄마'라고 불렀습니다. 무심한 척 고양이에게 관심을 쏟으시던 매점 아저씨는 저만 보면 "니가 데려가 부러야!" 했습니다. 하지만 평생 책임질 수 있다는 확신과 가족의 동의가 아직 없었기에 선불리 대답할 수 없었어요. 캠퍼스를 자유롭게 활보하던 아이가 집 안에서 행복할 수 있을지도 걱정이었습니다.

그렇게 '고양이'와의 학교생활을 시작한 지 반년 정도 지난 가을, '고양이'는 학교의 마스코트가 되어 있었습니다. 아이들은 저마다 다른 이름으로 불렀습니다. 버터, 레이, 수정이 등등 받은 사랑만큼 이름도 많았습니다. 저는 그냥 '고양이'라고 불렀습니다. 만약 언젠가 내 고양이가 되면 그 기념으로 이름을 주고 싶었거든요.

날은 점점 추워지고 있었습니다. 중학교 때 사료를 챙겨 주었던 아기 고양이는 겨울방학 동안에 추위를 견디지 못하고 무지개다리를 건넜습니다. 이 아이를 그렇게 둘 수 없다는 생각이 들었습니다. 2주 넘게 엄마를 상대로 내가 밥도 주고 똥도 치우고 다 하겠다는 호소를 한 끝에 '고양이'는 우리 집 막내 '루이'가 되었습니다. 고양이를 들이는 데 필요한 초기 비용으로 20만 원이 넘는 돈을 제 용돈에서 지출했지만, 하나도 아깝지 않았습니다.

루이를 데려오던 날, 그동안 루이를 예뻐해 주던 아이들이 각자 자신이 부르는 이름으로 루이를 축복해 주었습니다. 하나같이 따뜻한 집에서 배부르게 먹고 평생 행복해야 한다는 소중한 말들이었습니다. 내가 무슨 일이 있어도 책임져야 할 동생이 생겼음을 체감하는 순간이었습니다.

2018년 10월 12일 우리 가족이 된 루이와 앞으로도 평범하고 행복하게 살고 싶습니다. 루이는 정말 붙임성이 좋아요. 볼 만져 주는 걸 가장 좋아하고, 제가 다니는 곳마다 쫓아다녀요. 고양이를 싫어하시던 엄마도 루이는 예외라며 딸들보다 루이를 더 챙깁니다!

나는 봄의 고양이 마냥이라옹

_홍고양

나는 꽃이 필 때 태어난 고양이라옹. 함께 사는 사람을 처음 본 건 막 추워지기 시작할 즈음이었다냥. 앞집에 누가 이사 오길래 가족들이랑 옹기종기 모여 앉아 구경하고 있었다옹. 차에서 내린 사람이 우리를 보고 웃더니 사진을 찍었다냥. 그게 첫 만남이었다옹.

새로 온 사람들은 우리를 해치지도 않고 먹을 것도 주었다옹. 인간을 따라갔던 때는 아주 많이 추웠던 밤이었다냥. 인간은 "배고파? 잠깐만 기다려." 하곤 어디론가 뛰어가서 사냥을 해 왔다냥. 굉장히 맛있는 냄새가 나서 나도 모르게 집 안으로 들어갔다옹.

정신없이 먹고 있는데 갑자기 등 뒤에서 문이 닫혔다옹. 너무 놀라서 펄쩍 뛰었더니, 사람도 펄쩍 뛰었다냥. 그러더니 엄청나게 흥분한 목소리로 네모난 걸 들고 마구 말을 하기 시작했다냥. 거기서는 다른 낯선 목소리도 많이 들렸다냥. 한참 후에야 조금 침착해진 목소리로 "오늘 밤은 너무 추우니까 자고 내일 아침에 가." 하고 말했다옹.

마성의 고양이 마냥이와 동생이 된 삼월이(맨 아래)

하지만 나는 너무 놀라고 무서워서 꼭꼭 숨었다냥. 아침에 문이 열렸지만 계속 숨어 있었다옹. 사람 둘이 뭐라고 얘기를 하더니 내가 숨은 곳 앞에 물이랑 고기를 담은 그릇을 놓고 흙을 담은 상자도 멀찌감치 놓고 나갔다옹. 완전히 조용해진 다음에 나와서 물도 먹고 닭가슴살도 먹고 화장실도 썼다냥. 물론 나는 깔끔한 고양이니까 완벽하게 묻었고냥. 며칠 뒤에는 우리 가족까지 놀러 와서 배불리 밥을 먹고 가기도 했다옹.

사람은 내가 숨은 곳 앞에 앉아서 많은 얘기를 했다냥. 전에 함께 살던 하얀 개 이야기, 그 개가 무지개다리를 건넌 뒤에 아주 슬펐다는 얘기. 고양이는 만져 본 적도 없는데 함께 잘 지낼 수 있을까 하고도 말했다옹. 나도 사람이랑 살아 본 적은 없는데, 괜찮을까냥?

사람들은 아침에 나갔다가 해가 진 뒤에나 돌아왔고, 밤에는 불빛 뒤에 숨어서 내가 노는 걸 구경했다냥. 낮에는 나 혼자 있으니 배부르게 먹고 마음 편히 씻고 따뜻한 바닥에서 늘어지게 낮잠을 자곤 했다냥. 그 생활이 익숙해질 무렵, 사람이 "이제부터 너를 마냥이라고 부를 거야." 했다옹. 마냥 함께 있자는 뜻이기도 하고 마성의 고양이라는 뜻이기도 하다냥.

나는 이제 그 동네에 살지는 않는다냥. 아주 먼 곳으로 이사를 왔지만, 처음에 함께 살기 시작했던 사람과는 계속 사이좋게 잘 지내고 있다옹. 이제 자야 할 시간이라고 부른다냥. 모두 굿나잇.

족발집 앞에서 데려온 족족이

_족족이누나

우리 집은 개를 많이 키웠다. 마당에 풀어 키웠지만, 늘 나 아니면 언니들이 개를 집 안으로 데려왔기 때문에 개들도 사람처럼 살았다고 해야 하나. 나가고 싶으면 나가고 들어오고 싶으면 들어왔다. 대문 밖 외출도 잘했다. 엄마는 혼냈지만 혼나면 끝, 개들은 집 안에서 우리랑 같이 잤다. 그래도 밥 주고 챙겨 주는 엄마를 제일 좋아했기 때문에 엄마도 혼내면 끝이었다.

그렇게 개파인 내가 남편을 만나고부터는 돌이킬 수 없는 고양이파의 길로 들어섰다. 남편은 어릴 때 고양이를 길렀다고 한다. 다만 그 집 고양이들은 좀 더 자연 상태의 삶을 살았다고 할까. 집 뒤로 산자락이 시작되고 좁은 골목길이 나 있어서 길고양이들이 쉬었다 가다가, 밥 먹고 가다가, 자리 잡으면 같이 살고 그랬단다. 누나들이 "저 고양이 데려와." 하고 시켜서 맨손으로 데려오다가 발톱에 긁혀서 손이 피투성이가 되었다는 이야기는 너무 귀여운 이야기였다. 그 흉터가 아직도 남아 있다.

연애하던 시절에 남편은 '한국말 하는 고양이', '상자만 보면 크기에 상관없이 슬라이딩해 들어가는 고양이' 같은 영상

양반 고양이 족족이

을 자꾸 들이밀고, 자기가 선물로 받은 고양이 굿즈를 자랑했다. 왜 이런 선물을 받냐면, 결정적으로 고양이를 닮았다. 《아즈망가 대왕》의 '치요 아빠'라든가 트위터 모님 댁의 고양이 '요다'를 많이 닮았다. 그리고 볼 한가운데에 가로 모양의 보조개가 잡히는데, 그게 고양이 수염을 닮아서 더 고양이 같다. 살도 말랑말랑해서 누르면 푹신하다. 사람을 좋아했을 뿐인데 이미 고양이파였나?

우리는 오래된 주택가에 자리를 잡았다. 심심찮게 고양이들을 만날 수 있었다. 삼색이, 반반이, 멍구, 넌자, 관심이…. 소시지 두어 개씩 들고 다니며 고양이들이 잠시나마 배고픔을 면하기를 바랐다. 소시지가 건강에 좋지 않을 거라는 걸 알고 나서는 사료를 지퍼백에 담아서 다녔다.

어느 해 늦봄부터 족발집 근처에만 가면 고양이 한 마리가 "미용" 하면서 우리를 마중했다. 우리가 날마다 같은 시간에 나갔기 때문에 기다리는 것 같았다. 하지만 고양이는 시간을 어떻게 알지?

비가 내려도 어김없이 "미용" 하면서 차 밑에서, 어느 집의 담벼락에서, 어딘지도 모를 곳에서 나타났다. 애정을 담아 족족이라고 이름 지었다.

족족이는 엄청 느긋하다. 밥 달라고 야옹거리지도 않는다. 당연히 주겠지! 족족이를 만나면 근처 구석진 곳을 찾아 사료를 부어 줬는데, 한번은 주고 나서 보니 화장실로 쓰는 공간이었던 것. 늘 맛있게 먹던 아이가 쿨하게 돌아서는데, 이 아이는 양반이구나, 양반 고양이구나 했다.

문 닫힌 백반집 앞, 영업을 마친 택시, 그 사이의 조용하고 안전한 곳에서 우리는 족족이가 밥을 다 먹을 때까지 기다렸다. 배가 부르면 등을 보이고 앉아 '나를 쓰다듬어라' 자세를 취했고, 그러면 우리는 서로 자기가 쓰다듬겠다고 아옹다옹했다. 어떤 날은 멀리서 고양이 울음소리가 나니까 호다닥 달려가더니 몇 분 있다가 의기양양하게 통통통통 걸어왔다. 어이구, 이겼어? 장하니까 다시 쓰다듬고.

만나지 못하는 날이면 '너무 귀여워서 다른 사람이 데려간 거면 어떡하지? 으으, 내일 당장 데려올래.' 하는 마음으로 근처를 몇 번씩 맴돌기도 했다. 그리고 남편이 일을 한 달 쉬기로 한 십이월에 족족이를 데려오기로 마음을 굳혔다.

11월 2일이었다. 족족이 귀와 이마 사이에 피고름이 두툼하게 맺혀 있었다. 쿵쾅쿵쾅 심장이 뛰었다. 집에는 사료밖에 준비된 게 없어서 더 지켜보다가 상태가 더 안 좋아지면 바로 데려오기로 했다. 그날 엄청 쓰다듬어 줬다.

"이런 데도 우리를 맞아 준 거야? 내일 퇴근할 때 우선 화장실 모래를 사 와야지. 이동장도 주문해 놓자."

11월 3일. 족족이 얼굴의 피고름이 더 굵게 흐르고 있었다. 일단 밥을 먹이고 어떻게 데려갈지 생각했다. 순하니까 안아서 가자는 나의 제안에 남편이 흉터가 있는 두 손을 내보이며 말렸다.

상자를 구해서 옮기기로 했다. 꼭 알맞은 크기의 튼튼하고 깨끗한 상자를 찾는 데만 이십여 분이 걸렸다. 그동안 족족이는 책상다리를 하고 앉아 있는 남편의 다리를 발로 한번 톡톡 치더니 위로 올라와 앉아 있었다고 한다. 귀여운 것! 그런 고양이를 그대로 들어 올려 상자에 넣었다. 그대로 앉았다. 뚜껑을 닫

우리 가족 죽죽이

으니까 고개를 슥 숙였다. 남편은 바닥을 받치고 나는 뚜껑을 누르며 집으로 달렸다.

이 구역의 대장 고양이를 어디에 가두냐는 듯 족족이는 상자 안에서 푸다닥 난리를 피웠다. 그렇게 족족이는 상자에 담겨 스스로의 생일 선물로 우리 집에 왔다. 막상 집에 오니 하루 종일 구석에서 불신의 얼굴로 꼼짝 않던 족족이. 다음 날, 병원에서는 제 편이 아무도 없다고 생각했는지 엄청 순하더니, 집에 돌아와서는 이동장에서 안 나오겠다고 힘주다가 한참 참았던 똥을 쌌다. 건강한 똥이었다. 우리는 안심했다.

거리의 야행성 고양이는 집의 야행성 고양이가 되었다. 족족이는 밤새 울고, 우리도 다크서클로 울었다. 고양이가 좋아하는 음악, 상자로 몇 겹 싸기, 중성화 수술…. 이게 다 무슨 소용이랴. 그렇게 일주일을 보내고 결국 다른 병원의 문을 두드려 사정을 말하니 스트레스 완화제를 처방해 주었다.

따뜻한 바닥에 늘어져 있는 그때의 족족이 사진을 보면 지금도 신기하다. 그렇게 마음을 열어 준 게 너무 고맙다. 내 사랑 나의 족족이.

달리를 처음 만나던 긴장된 순간

_고준형

어두운 이동장 안에서 빛나던 두 개의 초록색 눈. 보호소에서 달리와 처음 만난 순간의 인상이었다. 사실 마지막 순간까지도 입양 결심을 못 하고 있었는데, 눈을 마주치고 나니까 돌이킬 수 없게 돼 버렸다.

4년 전 가을, '포인핸드'라는 앱을 알게 되었다. 유기 동물 보호소의 공고를 확인할 수 있는 앱인데, 자꾸 들여다보게 되었다. 길을 잃거나 버려지거나 다친 동물들이 눈에 밟혔고, 집으로 돌아갔는지 혹은 입양이 됐는지 자꾸 찾아보게 되었다.

동시에 마음 한편에서는 고양이를 입양하고 싶다는 마음이 더욱 자라났다. 반려묘 입양은 오랜 소망이었다. 하지만 섣부른 입양이 어떤 결과로 이어지는지 경험했기에 조심스러웠다. 지금 이 마음도 욕심은 아닐까 확신하기 어려웠다. 내가 한 아이를 평생 책임질 수 있을까? 집을 비워야 할 때 돌봐 줄 사람은? 입양으로 인해 생기게 될 제약들은 뭐가 있지? 보호소에 비해서가 아니라 정말로 행복한 삶을 살게 해 줄 수 있나? 이런 고민을 꽤 오랫동안 했다.

"달리야, 밥?"

그러다가 너무나 예쁜 삼색 카오스 고양이가 눈에 들어왔다. 며칠을 고민하다가 떨리는 마음으로 보호소에 문의했다. 이미 방문 약속이 여럿 잡혀 있었다. 내가 낙심하니까, 보호소 직원이 문의 없는 고양이가 있다며 다른 공고를 보내 주었다. 그 고양이가 달리였다.

아주 추운 날이었다. 빈 이동장을 들고 동생들과 함께 버스도 다니지 않는 남양주의 한 보호소로 찾아갔다. 사실 그때까지도 입양에 대한 확신은 없었다. 내가 알 수 있었던 건 '코 분홍, 마른 편, 조심성 많음'이라는 짧은 설명과 어둡게 나온 사진 한 장뿐이었다. 이기적인 생각이지만, 아이가 맘에 들지 않으면 어떡하나 걱정이 됐다. 최종 결정은 열려 있었지만 입양을 거절하기는 어려울 게 분명했다. 남겨질 아이의 운명을 생각하면 돌아선다는 게 가능할 것 같지 않았다.

보호소에 도착해 직원에게 이동장을 건넸다. 고양이를 기다리는 동안 내가 입양을 하러 왔다는 사실이 비로소 현실로 느껴졌다. 얼마간 기다리고 나니 이동장이 도착했다. 입구를 살짝 열자 아이가 몸을 돌려서 밖을 내다보았다. 그때 눈이 마주쳤는데, 동그란 연둣빛 눈동자가 너무나 예뻤다. 표정도 사진 속 움츠러든 모습보다 밝아 보였다. 긴장했는지 가냘픈 소리로 자꾸 우는데, 그 소리를 듣고 있자니 내가 이미 이 작고 연약한 생명과 인연을 맺었구나 하는 생각이 들었다. 사람도 인사를 하면 서로 아는 사이가 된다. 우리는 이제 인사를 했고, 같이 집으로 돌아갈 거고, 평생 함께할 거야. 그런 결심을 했다. 그렇게 달리와 가족이 됐다.

달리와 함께 산 지 4년이 되어 간다. 달리가 동거인과의 삶에 만족하고 있는지는 알 수 없지만 동거냥이가 없는 내 삶은 이제 상상하기 힘들게 됐다. 고양이가 기다리는 집으로 돌아간다는 것은 얼마나 설레는 일인지. 달리가 주는 변함없는 아침 꾹꾹이(고양이가 두 손을 번갈아 꾹꾹 누르는 행동)와 애정은 그 존재만으로도 절대적인 위로가 된다. 지치고 힘든 날에는 품에서 잠든 달리를 보며 다시 기운을 내보곤 한다.

달리야, 말도 통하지 않는 집사에게 언제나 넘치는 사랑을 줘서 고마워. 네가 언제까지나 건강하게만 곁에 있어 주면 더는 바랄 게 없어. 바쁘다고 집 많이 비워서 미안해. 대신 사냥 열심히 해 올게. 행복하게 살자.

세 번째 가족이 된 복순이

_복순이젤리

원래 우리 가족은 두 사람이었다. 둘은 어쩐지 허전한 숫자라 우리는 항상 세 번째 가족에 대한 이야기를 했다. 상상 속의 세 번째 가족은 바다사자이기도 했고, 소이기도 했고, 또 돼지이기도 했다.

마지막으로 만들어 낸 가족은 고양이 에이미였다. 제멋대로에 다른 가족들을 부려먹고 동물들에게 시비를 잘 걸어서 야단맞지만, 동네 길냥이들에게 사료를 거하게 한턱 쓰거나 해서 인기가 많은 할머니 고양이라는 설정이었다. 힘든 일이 있어도 에이미가 신나게 두들겨 패고 난동을 부리며 갚아 준다고 생각하면 웃으면서 잠들 수 있었다.

이쯤 되면 주변에서 그냥 진짜 고양이를 키우라고 권하게 마련이다. 하지만 늘 '병원비는? 사료랑 똥오줌 냄새 나고, 모래도 날리고 털도 날린다잖아. 게다가 끝까지 책임 못 지면 어떡해.' 하는 걱정 때문에 선뜻 나서지 못했다.

그러던 차에 '포인핸드' 앱에서 안락사 명단에 있는 강아지의 사진을 보게 되었다. 당장 내가 손을 내밀지 않으면 내일

회한에 찌든 얼굴로 온 복순이가

이 강아지가 세상에 없다고 생각하니 똥오줌이고 뭐고 냅다 연락하게 되었다. 결국 그 강아지는 더 좋은 주인에게 가서 나와 만날 기회가 없었지만, 나에게 중요한 것을 알려 주었다. 결심하고 나면 사료 비린내도, 털이나 모래도 그렇게 큰 문제가 되지 않는다는 것이었다.

그러고 얼마 뒤, 가족과 네 다리 건너 아는 사람이 고양이를 키울 집을 찾고 있다고 했다. 나는 내가 데려오겠다고 선언하고 말았다. 이런 날이 오는구나 싶었는데, 그게 오늘이라니! 안절부절못하며 목을 빼고 내다보다가 집 앞에 택시가 서자마

우리 집 세 번째 가족이 되었다.

자 뛰어나가 주섬주섬 짐을 받아 안았다. 1월 아주 추운 밤, 고양이는 그렇게 원래 쓰던 낡은 물건들과 함께 우리 집으로 왔다.

집에 들어와 이동장 문을 열어 주자, 다른 집으로 맡겨지는 게 익숙하다는 듯이 고양이는 천천히 집을 한 바퀴 돌았다. 상상 속 고양이 말고 진짜 고양이와 이렇게 가까이서 만나는 건 거의 처음이라 숨도 못 쉬고 서서 지켜보았다. 고양이는 창틀에 폴짝 올라서는 정말 회한에 찌든 얼굴로 ("하, 이제 여기가 새로 살 집인가.") 허공을 쳐다봤다.

고양이에 관해 잘 모르는 인간들보다 훨씬 철든 고양이

여서 얼마나 다행인지. "애, 고양이와 아직 거리를 둬야 한대." 하고 인간들이 서로 잔소리를 하는 동안, 고양이는 인간들을 보고 그런대로 호구 같다고 각을 쟀는지 따뜻한 러그로 옮겨가 느긋하게 똥꼬를 그루밍하기 시작했다.

인간들은 고양이가 있는 방의 불을 끄고 안방으로 가서 나란히 누워서는 호들갑을 떨기 시작했다. 고양이가 놀란 건 아닐까? 근데 몇 살이래? 세 살이구나. 화장실은 가릴 수 있으려나? 이렇게 쑤군대고 있는데, 무엇이 이불을 사박사박 밟는 감촉이 느껴졌다.

"례에."

세상에… 고양이가(!) 먼저(!) 인간에게 와서(!) 같이 자자고(!) "례에" 울었다! 이 고양이는 우리를 맘에 들어 하는 게 틀림없다! 어떤 부드럽지만 절대적인 "례에"에 눈물을 글썽이면서 고마워서 날뛰고 싶어졌다. 그냥 침대에 오기만 해도 이렇게 감지덕지할 수가! "례에"를 듣자마자 고양이를 데려오기 전에 했던 걱정들은 저 멀리 조그맣게 사라졌다.

고양이의 이름은 '순할 순'에 '복 복'자를 써서 '복순이'로 하였다. 주인도 많이 바뀌었으니 앞으로는 복 많고 팔자 좋게 살라고 뜻을 담았다.

일주일 뒤에 데려간 동물 병원에서 복순이가 세 살이 아니라 최소 일곱 살은 넘는다는 것을 알게 되었다. 인간들의 얼굴에 핏기가 가시는 것을 보고 수의사가 점점 나이를 깎더니 다섯 살까지 내려갔다. 지금은 늙었다고 버리지 않겠다 싶었는지 사실은 열 살 같다고 말을 바꿨다. 세 살이든 열 살이든, 복순아, 우리는 가족이야. 우리는 드디어 세 번째 가족을 찾았다.

고시촌의 대장 고양이 용식이

_용식이형아

용식이를 처음 만난 건 2016년 8월쯤이었다. 고시촌의 복사집 뒷마당에서 꼬질꼬질한 늙은 고양이가 햇빛 아래서 쉬고 있었다. 온몸으로 세월의 관록을 뿜어내고 있었다. 동네 캣맘님과 복사집 사장님께 물었더니, 2003년부터 왕성히 대장 고양이로 활동하고 있었으며, 2년 전쯤 중성화 수술을 한 뒤로 복사집 뒷마당에 자리 잡았다고 했다.

유난히 추웠던 2016년 겨울, 밤늦게 근처를 지나가다가 용식이가 뒷마당에서 추위를 참고 있는 것을 보았다. 그 순간 연민과 동병상련을 느꼈다. 그날부터 매일 아침저녁으로 용식이를 챙기기 시작했다.

겨울을 무사히 지내고, 다음 해 장마철에 용식이의 건강이 나빠졌다. 용식이가 나에게 걸어오다가 쓰러지는 걸 보고, 나도 모르게 용식이를 안고 방으로 들어와 버렸다.

나는 동물을 키워 본 적이 없었다. 더군다나 강아지를 좋아해서 고양이를 키운다는 생각은 한 번도 해 본 적이 없었다. 그런데 이렇게 고시생과 늙은 고양이의 동거 생활이 시작되었

길에 살던 용식이는

집고양이가 되었고, 항암 치료를 마치고 잘 지내고 있다.

다. 그리고 어느덧 동거 생활이 2년이 훌쩍 지났다.

무지개다리를 건널 때 건너더라도 하루라도 집 안에서 편안하게 쉬다가 가라고 데려왔는데, 용식이는 회복하고 살아났다. 용식이는 기나긴 길 생활에서 얻은 각종 질환과 구내염을 가지고 있었지만, 수의사 선생님과 여러 집사님들의 도움으로 건강을 회복하는 것처럼 보였다. 오래오래 함께 살 것 같았다.

하지만 행복도 잠깐, 용식이는 비강종양 진단을 받았다. 나는 이때 평생 흘린 눈물을 다 흘린 것 같다. 항암 치료를 하며 어떤 때는 경과가 좋았다가 또 다시 나빠지기를 반복했다. 다행히 지금은 항암 치료를 마치고 잘 지내고 있다.

나는 용식이랑 살면서 늦잠의 자유를 잃었다. 용식이를 돌보면서 시간적, 금전적 여유를 잃었다. 그리고 나는 용식이랑 살면서 웃음과 위안을 얻었다. 사소하고 당연한 것들의 소중함을 깨닫게 되었다. 외동이인 나는 세상에서 하나뿐인 동생이 생겼다.

폭우를 피해 자동차에 숨어들었던 까만콩

_유진

십몇 년 만의 기록적인 폭우가 내린 다음 날이었다. 동생은 여느 때처럼 회사 차에 물건을 싣고는 시동을 걸었고 동시에 희미한 울음소리를 들었다. 소리가 들린 것 같은 차 보닛을 여니 까맣고 작은 덩어리 하나가 총알처럼 튀어 나갔다. 그 덩어리는 주차장 한편에 있던 회사 창고의 잠시 열려 있던 문 안으로 숨어들었다. 사무실 전 직원이 동원되어 창고의 짐을 다 들어내며 뒤진 끝에, 구석에서 잔뜩 웅크린 채 오들오들 떨고 있는 까만 덩어리를 발견할 수 있었다.

그 어느 때보다 진지했던 사무실 긴급회의 결과 여론은 첫 발견자인 동생이 이 아기 고양이의 책임자가 되면 좋겠다는 것으로 좁혀졌다. 마르고 작은 아기 고양이를 보호소로 보내면 생사를 장담할 수 없을 것 같았고, 직원들은 저마다 고양이를 맡기엔 난감한 이유가 있었다. 동생은 다소 난감했지만, 집에 고양이를 무척 좋아해서 길고양이 보급용 사료도 늘 마련해 놓고 있는 혈육이 있으니 어떻게든 되지 않을까 생각했다.

건물 청소 직원과 인근 길냥이들을 10년째 돌보고 있는 회사 건물 일층의 여행사 사장님의 증언에 따르면, 이 아기 고양이는 며칠째 이 주변을 혼자 떠돌고 있었다고 한다. 하지만 다시 길로 내보내기도 어려웠다.

결과적으로 잘한 결정이었다. 사람만 보면 세상 모든 걸 할퀼 기세로 맹렬히 하악거리는 통에 끈으로 단단히 동여매진 상추 상자에 담겨 우리와 첫인사를 한 녀석은, 알고 보니 한쪽 다리를 다쳐서 절고 있었다. 치료를 위해서라도 병원을 가야 했다. 안 잡히려고 온 힘을 다해 반항하는 녀석을 어쩔 수 없이 억지로 잡아 병원에 다녀왔고, 그 사건 이후 이 작은 고양이는 우리를 더 경계했다.

수많은 '츄르'와 온갖 장난감이 동원된 회유에도 곁을 온전히 내주는 데 반년여의 시간이 걸렸다. 이제는 궁둥이를 쭈물거리면 고르릉거리고 튼튼한 사지로 세상 모든 걸 부수고 다니는 만콩이를 보다 보면 가끔 그때가 떠오른다. 가족과 이별하고 다리가 부러진 채 길을 떠돌던 아기 고양이. 폭우를 피해 차 보닛에 숨어들었을 때 얼마나 춥고 불안하고 두려웠을지 생각한다. 하필 동생이 그 차를 몰 때 그 안에 숨어들어서, 하필 다시 거리로 나가지 않고 창고로 숨어들어서 나에게 오게 되었다.

밤마다 자려고 누우면 내 다리 사이에 와서 눕는 만콩의 체온을 느낄 때마다, 너무 일찍 많은 고생을 한 아기 고양이를 꼭 행복하게 해 주라며 나에게 보내 준 운명에 날마다 감사한다. 행복이 데이터처럼 주고받을 수 있는 것이라면, 내 몫을 모두 만콩에게 주고 싶다는 마음으로 함께하고 있다.

세상 모든 걸 힘차게 부수고 다니는 까만콩

미안해서 그리고 사랑해서

정 들면 안 되니까 이름은 짓지 말아야겠어.
굳은 다짐은 아이들을 보자마자 사라졌다.
대책 없이 사랑에 빠져 버린 것이다.

새끼 낳으러 우리 집에 온 콩떡이

_이경민

콩떡이는 몇 년간 밥을 주던 길냥이였다. 처음 만났을 때부터 얼굴을 부비고 발라당 누우면서 친근하게 굴었다. 똑똑한 콩떡이는 얼마 안 돼서 우리 집을 기억했다. 문이 열리는 딸랑 종소리를 신호로 어디선가 나타나서 계단을 올라와 문 앞에서 야옹거렸다.

“인간! 밥을 달라!”

집 가는 길에 마주치면 나보다 먼저 우리 집 계단을 올라갔다. 농담 반 진담 반으로 “콩떡아, 우리 집에서 살래? 내가 엄마 할까?” 했지만, 콩떡이는 실내에 오래 머물지 않았다. 같이 들어왔다가도 어느 정도 시간이 지나면 현관문 앞에서 문을 열어 줄 때까지 울었다. 그래서 밥을 주고 추울 때나 비 올 때 잠자리를 마련해 주는 이런 관계도 나쁘지 않겠다고 생각했다.

여느 때처럼 콩떡이가 밥을 먹으러 집으로 찾아왔다. 임신해서 배가 빵빵하게 불러 있었다. 밥을 먹이고는 쓰다듬고 있는데, 콩떡이가 갑자기 큰 소리로 울었다. 양수가 터진 것이었다. 너무 놀라고 당황스럽고 머릿속이 새하얘졌다.

오랜 친구였다가 식구가 된 콩떡이

급히 동물 병원에 전화해서 방법을 물어보고 출산 준비를 했다. 심장이 미친 듯이 뛰었다. 아기들이 한 마리, 두 마리 나오는데, 초음파나 엑스레이를 찍어 보지 않아서 다 낳은 건지 아닌지 알 수가 없었다. 그리고 입양은 어떡하나, 내가 키울 수 있으려나 걱정이 밀려왔다.

다행히도 네 마리의 아기 고양이가 건강하게 태어났다. 하지만 열흘 뒤 첫째 아기는 탯줄 떨어진 자리에 고름이 차서 무지개다리를 건넜다. 차가운 흙 속에 아기 고양이를 묻고 돌아왔는데, 콩떡이가 계속 울었다. 자기 아기를 어디로 데려간 거냐고 묻는 것 같았다.

꽃샘추위가 남아 있는 강원도의 4월은 너무도 추웠다. 이 추위에 고양이들을 길로 내몰 수는 없었다. 가족이 반대했지만 어떻게든 지키고 싶었다. 가족과 싸우고, 내가 없을 때 고양이들한테 해코지하지 못하도록 방문에 자물쇠를 달았다.

그렇게 한 달 두 달 시간이 지나고 콩떡이가 낳은 아가들과 평생을 함께하기로 마음먹고 연락을 주신 분들이 있었다. 찰떡이, 또야, 곤이는 그렇게 새집을 찾아갔다. 나는 늘 그분들께 고맙게 생각한다.

이제 콩떡이는 말 그대로 식구가 됐다. 추운 길 위에서 힘들었던 일들은 다 잊고 같이 오래 행복하게 살았으면 한다.

사랑할 수밖에 없는 '나'와 '다'

_김연서

마침, 그런 때였다. 그때의 나는 독감이라는 말을 사람으로 옮겨 놓으면 이렇지 않을까 싶을 만큼 석 달째 기침감기를 앓고 있었다. 그리고 어쩌면 우리 집의 막내가 되지 않을까 애지중지하던 아이를 복막염으로 떠나보낸 상황이었다. 낮은 연못 위에 둥둥 떠 있는 것처럼 무력한 나날들.

일곱이었나, 여덟이었나. 늦겨울과 초봄 사이의 어느 날 누군가가 광명시장 입구의 전봇대 아래에 고양이들을 버렸다고 했다. 얼어 죽기를 바랐는지 종이 쇼핑백에 넣어서. 그중 예쁜 애들은 그 자리에서 새집을 찾아 떠났고, 그렇지 않은 셋이 우리 집으로 왔다.

남아도는 것이 시간이니 열심히 고양이를 만들어서 좋은 곳으로 입양 보내야지, 많이 정 들면 안 되니까 이름은 짓지 말아야겠어. 굳은 다짐은 아이들을 보자마자 사라졌다. 대책 없이 사랑에 빠져 버린 것이다. 눈물, 콧물 범벅이 되어 겨우 숨만 쌕쌕 쉬고 있는, 이도 나지 않은 저 존재들에게 정을 주지 않겠다고 하다니, 세상에!

아기 가나다는 각각 장난꾸러기와 어리광쟁이들로 성장했다.

나

다

똑같이 노란 세 마리를 구별하려고 색이 다른 머리끈을 걸어 두었더니, 동물 병원의 친절한 선생님이 각각의 약봉지에 머리끈과 같은 색의 볼펜으로 아이들의 이름을 써 주었다. 가, 나, 다.

"이름이 재밌네요. 치료를 최대한 해 볼 텐데, '다'는 실명할 가능성도 생각해 두셔야 해요. 눈을 못 뜬 채로 고름이 차서 다 상했어요."

상냥한 말투와는 전혀 어울리지 않는 내용이 너무 서운해서 집으로 돌아오는 길에 조금 울었다. '다'의 눈은 결국 살리지 못했다. 한쪽 눈만 뜨고 있어도 저렇게 예쁜데 두 눈이었으면 얼마나 더 예뻤을까. 내가 조금 더 부자였으면 너는 지금 반짝이는 두 별을 갖게 되었을까?

'가'는 튼튼한 장난꾸러기가 되어 구조자의 친구 집으로 입양을 갔고, '나'와 '다'는 눌러앉았다. 아무리 시간이 지나도 사라질 기미가 없는 눈물 콧물을 누가 원할까 싶어서 우리가 끼고 살기로 했으니까. 나다는 사람 품을 파고드는 어리광쟁이가 되었고, 이게 이 시시하고 짧은 얘기의 끝이다. 그때가 마침 그런 때였음이, 이제와 생각해 보니 얼마나 다행인지.

꾸꾸, 너를 만나기 위해

_국봉자

항상 동물과 함께하는 삶을 꿈꿔 왔다. 고양이와 사는 것이 꽤 오랜 소망이었지만, 내 능력이 모자라 그것은 그저 '언젠가 먼 훗날'의 이야기였다. 내 가정을 만들고 나서야 비로소 실행할 마음을 먹을 수 있게 되었다.

세상에는 많은 고양이들이 있었고 이른바 '로망묘'라고 하는 품종 고양이를 마음에 담기도 했다. 하지만 고양이를 '돈 주고 산다'는 행위에 대해 꺼림칙한 마음이 생길 수밖에 없었다. 그래서 눈을 돌린 건 구조된 고양이를 입양하는 것이었는데, 이게 또 세상 까다로운 것이다. 고양이를 반려하는 지금은 충분히 이해가 간다지만, 당시에는 모든 것이 갖춰져 있지 않은 상태인데 그런 조건의 사람만 원한다고 생각하니 지레 포기하게 되었고, 기껏 마음이 가는 고양이와도 연이 닿지 않았다.

그렇게 시간이 한참 지나고 어느 정도 마음을 접은 상태로 또다시 '언젠가 먼 훗날' 모드가 되어 있던 차였다. 반려인간이 일하는 공장 주변에 웬 새끼 고양이 하나가 돌아다니고 있다는 것이었다. 그냥 나타나기만 했다면 흔한 길냥이 조우로 끝났

우리 집 삼색이들의 시작.
구씨 성의 아빠가 구월에 데려와서
꾸꾸가 되었다.

겠지만, 어째 이 손바닥만 한 새끼 고양이는 졸졸 따라다니며 손길을 요구한다는 것이었다. 다급하게 사진을 보내 달라고 했더니, 이것은 고양이가 아니고 털이 푸석푸석한 데다가 숭숭 빠진 '숭악한' 몰골의 삼색 쥐새끼였다. 그러나 항상 삼색 털의 고양이를 애모했던 나의 필터링엔 우리 집에 올 녀석인가 하는 생각이 번뜩 스쳤다.

몰골이 멀쩡하거나 어미가 있는 것 같은 아이였으면 망설임이 있었을지도 모르겠다. 아무리 봐도 누군가의 보살핌을 받는 모습이 아니었고, 심지어 손까지 타며 부비적거리는 걸 보니 그냥 두었다가는 혹시 모를 나쁜 인간한테 해코지를 당하거나 올 겨울을 넘기기 어려울 것 같았다. 퇴근 시간까지 기다렸다가 아이가 그대로 있으면 데려오자고 하였다.

시간이 되어 어둑해진 주변을 다시 둘러보니 아깽이가 보이지 않았다고 한다. 어른 고양이들이 활개치고 다니는 곳에서 버티고 있기는 힘들었는지 삼색 쥐는 자취를 감추었다. 한 시간쯤 찾아 헤매던 반려인간은 아까 어디 숨겨 뒀다가 데려왔어야 했다며 터덜터덜 집으로 돌아왔다.

혹시 몰라서 고양이용 파우치를 사 놓고 내일 그 아이를 다시 만나면 꼭 데려오자고 했다. 반려인간은 고양이가 어디 다치진 않았을까, 그 사이 아픈 건 아닐까 걱정하느라 뜬눈으로 밤을 새우더니 해도 뜨기 전에 출근을 했다. 나도 조마조마한 마음으로 회사에서 소식을 기다리고 있었다. 못 찾는다면 인연이 아니겠거니 하면서도 한편으로는 제발 고양이를 만나게 해 달라고 빌었다.

"빛나는 아침 해를 맞은 꼬맹이가 '앵' 울면서 가늘어진 금색 눈동자로 나를 바라보더니 폴짝 뛰어내려 얼씨구나 살갑게 몸을 비벼댔다."

꾸꾸 아빠는 아직도 그때 그 순간을 이렇게 추억하고 있다. 나는 연락을 받고 떨리는 가슴을 진정시키며, 그 아이에게도 집으로 오겠냐는 의견을 타진해 보라고 했다. 신난다고 쫓아오면서 애옹거리는 영상을 대답으로 받았다. 나는 즉시 반차를 내고 이동장을 산 뒤 당장 필요한 고양이 용품을 스마트폰으로 주문하며 새 식구 맞이할 준비를 순식간에 마치고 동시에 판교에서 김포까지 달려갔다.

고양이는 온몸이 곰팡이투성이에 털이 절반 넘게 빠져 있었고, 귀 진드기에 혈변, 설사, 칼리시바이러스까지 길고양이 질병 베스트를 거의 다 합친 상태였다. 이 800그램의 삼색 고양이는 그렇게 우리 집으로 와 내 소중한 첫째 딸, 첫 고양이가 되었다. 너를 만나기 위해 내가 이리 헤맸나 보다. 그 뒤 펼쳐진 초보 보호자의 지옥 같은 질병 극복기는 생략한다.

상자 속 아기 고양이 비비안

_비비안과함께

손으로 꼽아 보니 비비안을 처음 만난 지도 11년이 넘었다. 2007년 10월 즈음, 신림동의 독서실. 대학을 졸업하고 당시 모 시험 2차를 준비하고 있을 때였다. 종일 공부를 하고 저녁 먹고 독서실로 돌아오는데, 병아리 우는 소리가 들리고 사람들이 모여 웅성거리고 있었다. 도시 한복판에서 무슨 병아리 소리일까 궁금해서 가 보니 스티로폼 상자에 손바닥보다 작은 아기 고양이들이 버려진 채 사람들에게 둘러싸여 있었다.

그때는 고양이를 좋아하지도 않았고, 원룸에 살면서 시험공부를 하던 때라 고양이와 함께하는 삶이라는 것은 내 상상력의 범위 안에 없었다. 모두들 어쩌지 못하고 당황해하는 와중에 나는 한동네에 살던 친구가 생각나 연락을 했다. 그 친구가 고양이를 키우고 있었기 때문이다. 급히 친구네 고양이 캔을 몇 개 받아와서 아기 고양이들에게 나누어 주니 조그마한 배가 서양배 모양으로 부풀어 오를 때까지 먹었다. 그렇게 먹이고는 돌아섰다. 안타까웠지만, 고양이는 내 삶과 관계가 없었다.

그런데 마음이 내내 불편했다. 가까운 동물 병원에 가서

집고양이 생활 12년차의 비비안

사료를 한 봉지 사 와서 그날부터 주기 시작했다. 비슷한 마음의 독서실 사람들이 통성명도 하지 않은 채 아기 고양이들에게 밥과 물을 주고 상자로 집을 마련해 주었다. 그때만 해도 그렇게 작은 새끼 고양이들을 엄마도 없이 길에서 돌보는 것에 대해 문제의식이 전혀 없었다.

그렇게 시간이 흘러 아기 고양이들이 사람들 손길에 익숙해질 무렵 12월이 왔고, 당장 다음 날이 영하 10도라는 뉴스를 보았다. 밥 주는 사이에 정이 들어서 고양이들이 엄마도 없이 겨울을 날 수 있을지 진지하게 걱정되기 시작했다. 마음이 아프기 시작하면 망하기 시작한 것이라는 것을 그때는 몰랐다.

아기 고양이들 중 가장 작고 약해 보이던 녀석을 일단 방으로 데려왔다. 그 손바닥만 한 녀석을 영하 10도가 예상되는 밤에 밖에다 둘 수가 없었다. 가족이 될 마음은 없었다. 다만 추위를 넘기고 입양 보낼 곳을 알아보려고 했다. 때때로 이 아이의 형제들을 두고 온 게 마음이 걸렸지만, 그날 밤에는 달리 여력도 없었고 깊이 생각할 능력도 안 되었다.

따뜻한 물로 몸을 씻기는데, 아무리 씻어도 거무칙칙한 구정물이 계속 나왔다. 놀란 아기 고양이를 계속 씻기고만 있을 수도 없어서 적당히 닦아 주고 방에서 쉬게 했다.

잠들 무렵 아직 땟국이 흐르는, 손바닥만 한 아기 고양이가 내 목덜미에 몸을 기대 왔다. 거대한 내가 자칫 잘못 움직였다가 아기 고양이를 다치게 할까 봐 밤새 긴장해서 자다 깨다 했던 기억이 난다. 이 조그마한 생명체가 뭘 믿고 나에게 기대오는 걸까, 이런 생각을 하면서 잠이 들었던 것 같다. 결국 입양처를 찾아야겠다는 마음은 하루 만에 싹 접었다.

그때까지 경제적 능력도 없고 개인적으로 엄마와 조카를 하늘나라도 떠나보낸 직후라서 삶이 막막했던 때였다. 과연 이 꼬마 고양이를 내가 지킬 수 있을까 하는 걱정을 하면서도 다른 누구에게 보낼 수 없다는 것을 하루 만에 깨달았다.

그렇게 아무것도 모르고 서투르고 한심한 집사와 함께한 비비안의 집고양이 생활이 어언 12년째 오늘까지 계속되고 있다. 소박한 바람이 있다면 지금까지도 서투르기 짝이 없는 집사가 그나마 노력하고 배워 가고 있으니 앞으로 비비안이 집고양이 생활 20주년, 25주년을 나와 함께 맞아 주었으면 하는 것이다.

신림동 락스 고양이 엘리

_비비안과함께

2017년 1월 중순쯤이었다. 친한 동네 언니에게 전화가 왔다. 누가 아기 고양이한테 락스를 뒤집어 씌워서 언니네 마당에 버렸다며, 고양이가 계단 밑에 숨어서 잡히지도 않고 좀 무섭기도 하니 도와달라고 했다.

내가 무엇을 해 줄 수 있는지 당장 답을 할 수가 없었다. 길고양이와 인연을 맺거나 구조를 할 때는 그 고양이를 얼마나 책임질 수 있느냐를 늘 먼저 생각해야 했다. 좁은 원룸에서 두 고양이와 함께 살고 있던 나로서는 새로 길고양이를 집에 들일 여력이 없었다. 전염병 여부가 확인되지 않은 고양이를 들였다가 가족 모두가 감염되는 불상사도 예상 가능했고.

이러지도 저러지도 못하는 상황을 트위터에 올렸더니, 고양이 보호자 친구들이 일단 구조부터 하고 임보처를 마련하자고 했다. 언니네 가 보니 손바닥보다 작은 젖소 무늬 아기 고양이가 일월의 혹한에 락스로 온몸이 젖고 눈 주위가 빨갛게 부은 채 계단 아래 좁은 틈에서 사력을 다해 잡히지 않으려고 울며 버티고 있었다. 처음 보는 고양이인데도 그 광경을 보고 있자니

얼떨결에 가족이 된 엘리(왼쪽 얼굴)와 레이

그냥 눈물이 쏟아졌다.

가까운 마트에서 종이 상자를 얻어 왔다. 그리고 청소 용품들을 동원에서 고양이를 상자 쪽으로 몰아 겨우 잡을 수 있었다. 코가 쨍할 만큼 락스 냄새를 풍기면서 작은 녀석이 온힘을 다해 빠져나가려고 발버둥을 쳤다. 얼마나 무서울지 상상도 가지 않았다. 내가 너를 구하려는 사람이라고 알릴 방법이 전혀 없었으니까.

급히 따뜻한 물로 대충이나마 락스를 씻어 내고 수건으로 싸서 상자에 넣고 동물 병원으로 달려갔다. 눈이 많이 상하지는 않았을까 걱정했는데, 다행히 눈은 다치지 않았고 부은 것이라고 했다. 수의사한테 진료를 받고 언니 집에서 하루를 재운 뒤 임시 보호를 해 줄 곳으로 이동했다.

임시 보호를 해 주신 분 집에는 커다란 강아지 가족이 둘이나 되었다. 사람이 보기에 안전한 집이지만 작은 아기 고양이에게는 정말 무서운 곳이었나 보다. 그 집에서 두 달을 지냈는데 늘 소파 밑이나 침대 밑에 숨어서 사람에게 곁을 내주지 않았다고 한다.

그 집에 계속 맡겨 둘 수도 없어서 거의 졸업하고 처음으로 고등학교 동창들에게 연락을 해 봤다. 혹시 고양이를 맡을 사람 없을까 수소문했다.

그때 15년 동안 함께 지냈던 강아지를 1년 전에 뇌종양으로 떠나보낸 친구가 연락을 해 왔다. 정 갈 곳이 없으면 자기 집으로 데려오라고 했다. 그 친구는 강아지를 떠나보낸 뒤 너무 힘들어서 다시는 반려동물을 들이지 않겠다고 말했다던 것을 전해 들었던 터라 좀 놀라웠다. 마음에 큰 슬픔이 있는 친구여서

이 딱한 처지의 고양이를 외면하지 못했던 것일까?

그 친구는 강아지만 키웠기 때문에 고양이에 대해서는 전혀 알지 못했다. 급히 고양이와 함께 사는 데 필요한 지식이 실린 책과 고양이 모래와 화장실 용품들을 주문해 보냈다. 친구와 함께 임보처로 락스 고양이를 데리러 간 날 우연히 임보하던 분이 유기된 고양이를 구조했다. 그 고양이도 함께 데려가면 안 되겠느냐는 말에 친구가 선뜻 그러자고 했다. 친구는 졸지에 두 고양이의 보호자가 됐다. 락스 고양이라 불렸던 젖소 소녀는 엘리가 되었고, 얼떨결에 입양된 고양이는 레이가 되었다.

지금 엘리와 레이는 따뜻한 집에서 세상 제일 즐거운 고양이들로 지내고 있다. 녀석들을 위해 돈을 버는 두 명의 캔따개를 거느리고.

살아난 것만도 고마운 쌀이

_최영

저는 네 마리 고양이와 함께 살고 있습니다. 저희 집 둘째 이야기를 해 볼까 합니다.

우리는 2015년 여름날에 처음 만났습니다. 여동생이 돌봐 주던 길냥이 중 하나였는데, 경계심이 많고 식탐도 많다고 들었지요. 어느 날, 어디서 다친 건지 아픈 다리를 끌고 나타났는데, 워낙 경계심이 많은 아이라서 그저 지켜볼 수밖에 없었다고 합니다.

며칠이 지났을까요. 그 아이는 저항할 힘도 없는 상태로 다시 나타나서 구조되었습니다. 그러나 동물 병원에서는 길고양이여서인지, 아니면 정말로 가망이 없어서인지 해 줄 것이 없다고 했습니다. 우리는 그저 집으로 데리고 올 수밖에 없었습니다. 당시 집에는 다섯 살 된 고양이 두 마리와 함께 살고 있었고, 2주 전쯤에 구조한 길고양이도 있어서 어머니의 눈치를 볼 수밖에 없는 상황이었습니다.

그래도 우리는 묘연이었나 봅니다. 그 아이를 집에 데려온 바로 다음 날이 제가 집에서 독립해 이사 나가는 날이었어요.

치료 중이던 어린 쌀이

모든 날이 고맙다. 쌀이와 보리

구조한 두 고양이와 함께 아침 일찍부터 저녁까지 이사를 했고, 어느 정도 마무리한 뒤 고양이를 집 근처 동물 병원으로 데려갔습니다.

수의사와 함께 자세히 살펴보니 아이의 상태가 심각했습니다. 상처 입은 왼쪽 앞다리에 고름이 가득 차서 피부 밖으로 새어 나오고 있었습니다. 고름을 닦으려 했더니 피부가 벗겨져서 주사기 바늘로 빼 보려고 했지만 너무 끈끈해서 불가능했습니다. 마취를 한 뒤 절개해서 제거해야 하는 상태였습니다.

몸무게가 1킬로그램도 안 되는 아기 고양이라 마취에서 깨지 못할 수도 있다는 말을 듣고 어찌나 눈물이 나던지 모릅니다. 그래도 기도하는 마음으로 깨어나길 바라며 기다릴 수밖에 없었습니다.

두 시간쯤 지났을까요. 아이는 아팠던 기나긴 시간을 버티더니 살고자 하는 의지가 컸나 봅니다. 다행히 마취에서 깨어났습니다. 하지만 오늘밤이 고비라고 했습니다. 탈수 증상 때문에 수액을 맞으면 좋겠지만, 혈관이 약해서 힘드니 설탕물을 입에 흘려 넣어 주라고 했습니다.

그 더운 여름밤, 혹시나 아이의 체온이 떨어질까 봐 병원에서 준 핫백을 계속 데워 가며 혹시나 아이가 잠들면 깨지 않을까 봐 안고 흔들어 가며 설탕물을 먹이고 눈물로 밤을 지새웠습니다.

이사한다고 이른 아침부터 쉼 없이 움직이고 아이에게 계속 신경 쓰다 보니 피곤해서 저도 모르게 잠이 들었나 봅니다. 날이 밝아올 무렵, 뭔가가 손가락을 꽉 깨무는 바람에 화들짝 놀라서 깼습니다. 품에 안겨 있던 그 아이였습니다. 혹시나 해서 처방식을 조금 떠 주니 허겁지겁 먹기 시작했습니다. 그 모습을 보고 살았구나 안도했습니다.

그 뒤에도 한참 동안 통원 치료를 했습니다. 그러는 동안 약해진 면역력 때문에 얼굴 털이 다 빠져서 볼품없어지고, 자신을 병원에 데려가고 약 먹이며 귀찮게 하는 사람을 경계하기도 하며 고생했습니다. 다친 다리가 제대로 자라지 않아서 평생 장애를 갖고 살아야 하지만, 그렇게 우리 집 둘째 쌀이가 되었습니다.

지난 시간을 함께하며 쌀이가 처음 곁을 내주던 날, 처음 골골송을 불러 주었던 날, 컨디션을 회복하고 여느 고양이들처럼 첫 예방 접종하던 날, 겨우 적정 몸무게를 넘겨 중성화 수술을 하던 날, 혹시나 또 경계할까 봐 걱정하던 나에게 먼저 다가와 줬던 날이 다 고맙습니다. 균형이 맞지 않는 다리로도 잘 올라가고 잘 뛰어다니고, 야무지게 손을 깨물고 도망갔다가 부르면 다시 돌아와 핥아 주는 모습도 다 사랑스럽습니다.

쌀이 얘기를 하면 사람들은 저더러 좋은 일을 했다고 말하지만, 사실 제가 더 얻은 게 많습니다. 그저 존재만으로도 사랑스러운 고양이들이니까요. 세상 고양이들이 다 행복하길 바랍니다.

힘내라고 영차

_이영주

영차는 내가 아는 한 희야의 유일한 딸이다. 희야가 어느 겨울의 끝 무렵 비쩍 마른 몸에 배만 잔뜩 불러서 내 앞에 나타났다. 나는 이미 형제를 거느린 다른 어미 고양이에게 밥을 주고 있었는데, 그 고양이들이 희야를 싫어했다. 그래서 희야가 나타나면 다른 고양이들 몰래 밥을 주었다.

초봄이 되자 희야는 새끼를 한 마리만 데리고 나타났다. 출산 시기가 이상했던데다 한 마리만 건져서인지 여름에 다시 새끼를 가졌고, 말복 즈음에 해산을 했다. 너무너무 더운 때였고 새끼들 돌보느라 몸이 축날 것 같아서 닭을 고아 먹이며 새끼들을 데리고 오길 기다렸다.

몇 주 뒤 희야의 새끼들이 보이기 시작했다. 네 마리였는데, 둘은 점박이, 하나는 고등어, 하나는 노랑둥이였다. 하필 옥상에 자리를 잡았는데, 옆집과의 틈새에 가까운 곳이었다. 고등어 아기가 틈새로 떨어져 두 번이나 구출해서 돌려주어야 했다.

문제는 희야가 새끼들을 살뜰히 돌보지 않는다는 데 있

엄마 희야와 힘찬, 고래, 만세, 영차 그리고 자하

형제자매 가운데 혼자 살아남은 영차

었다. 희야는 옥상에 새끼들을 두고 잘 품지 않았다. 그해 가을, 비가 자주 와서 새끼들이 비를 자꾸 맞곤 했다. 이층이던 우리 집 베란다에 아기들 집을 마련해 주고, 봄에 태어난 자하와 같이 지내게 했다.

그런데 아기들이 자꾸만 설사를 했다. 변 냄새가 너무 안 좋아서 아기들을 병원에 데려갔다. 전부터 다니던 개인 병원이었는데, 실력 있다고 알려진 그 수의사는 키트를 찍어 볼 필요도 없이 아기들이 범백이라고 했다. 해 줄 수 있는 게 없냐고 물었더니 아무 대답도 하지 않았다. 주사든 약이든 달라고 해서 아기들을 데리고 왔다.

고양이 카페 사람들에게 아기들 이야기를 공유하던 나는 사람들의 도움으로 아기들이 힘낼 수 있도록 이름을 지었다. 영차, 힘찬, 고래, 만세. 영차는 유일한 여자아이였고, 힘찬은 가장 약하고 나에게 기대던 아이였다. 아기들은 한 달이 넘었는데도 몸무게가 고작 300그램 남짓이었다. 당장 아기들에게 강제급여를 하고 약을 먹였다. 약이 너무 쓰다 보니 아기들이 거품을 보글보글 내면서 밀어내고 내 손가락을 씹어 댔다. 다행히 며칠 뒤 설사가 멎기 시작했다.

그러나 한 달쯤 지났을 때, 설사가 다시 시작됐다. 이번에는 24시간 병원으로 갔다. 두 마리에서 범백혈구감소증 양성이 떴다. 나머지 둘은 아직 양성이 아니었지만 당연히 범백이었을 터. 아기들을 병원에 입원시켰다. 그리고 힘찬, 고래, 만세가 차례로 떠났다.

영차는 일주일 만에 퇴원했다. 아픈 와중에 자라느라 털도 듬성듬성했다. 겨울이 시작되고 있었고, 희야는 영차를 알아

보지 못했다. 그렇게 영차는 나의 막내가 되었다. 고양이를 더 들일 생각은 없었는데, 뿌리칠 수 없는 묘연이 있다더니 영차가 내게는 그런 인연이었나 보다.

수의사는 후유증이 없을 거라고 했지만, 영차는 움직임이 둔하고 걸음걸이가 뒤뚱거린다. 아마 밖에서 살았더라면 오래 살지 못했을 것이다. 엄마 닮아서 작게 자랄 거라고 생각했는데, 지금은 거의 6킬로그램에 이르는 큰 고양이가 되었다.

후쿠 내 사랑!

_이락규

우리 집 고양이 이름은 후쿠. 후크 선장에서 따온 이름이다. 그리고 사실 후크 선장은 갈고리 손인데, 이름을 지을 때는 한쪽 눈이 없는 사람이라고 생각했다. 우리 후쿠는 왼쪽 눈이 없다. 길냥이 시절부터 눈이 아팠기 때문이다.

태어난 지 한 달쯤 된 아기 고양이 세 마리를 친구가 발견했는데, 고양이들은 결막염이 아주 심했다. 친구는 나에게 도움을 청했고, 거기서 구조해 온 아이가 후쿠다. 총 네 형제였는데 한 마리는 이미 무지개다리를 건넜고, 다른 한 마리는 하수구로 들어가 버려서, 두 마리만 데려와 임시 보호를 맡았다. 아가들 이름을 후쿠와 후치라고 지었다.

동물 병원에서는 아기들이 살 수 있을지 모르겠다며 일단 잘 먹이라고 했다. 고맙게도 아기 고양이들은 날마다 엄청난 양의 밥을 먹고 무럭무럭 컸다. 500그램도 안 되던 아기 고양이들이 일주일새 엄청 토실해졌다. 이젠 살았다고 안심할 정도로 기적이었다.

후쿠는 후치와 다르게 사나운 고양이였다. 날마다 하악

이제는 건강한 후쿠

질을 할 정도로 나를 싫어했고, 안약을 넣다가 물려서 피를 보기도 했다. 그런데 내가 원래 키우던 고양이 베니와 인사를 하고 같은 공간을 쓰게 되면서 갑자기 후쿠는 그 누구보다도 나를 따르며 다정하게 굴었다.

후치는 건강해져서 입양을 갔고, 후쿠도 입양 보낼 준비를 했다. 눈 상태가 많이 좋아져서 수술을 하지 않아도 될 것 같았기 때문이다. 그런데 눈이 아팠던 아이라서인지 후치와는 달리 입양하겠다고 나서는 사람이 전혀 없었다.

그러다가 갑자기 후쿠의 눈 상태가 나빠졌다. 급히 수술을 했는데, 왼쪽 눈은 이미 감염되었고, 조금만 늦었어도 균이 몸 전체로 퍼졌을 거라고 했다. 수술비는 내가 감당하기에는 너무 큰돈이었지만, 주변 사람들이 정말 많이 도와주어서 수술을 잘 마칠 수 있었다.

당시 베니가 아파서 후쿠를 집에서 돌볼 수 없었다. 친구 집에 임시로 맡기고는 "엄마 갈게." 하고 친구 집을 나서는데, 후쿠가 울면서 따라오려고 했다. 내가 나간 뒤에도 한참 울면서 나를 찾았다고 했다. 후쿠에게 자꾸 마음이 쓰였다.

아프던 내 둘째 고양이는 뇌수두증이 발병한 지 한 달 만에 무지개다리를 건넜다. 그때 내가 버틸 수 있도록 도와준 게 후쿠였다. 나는 후쿠를 집으로 데려왔다. 그 뒤로 두 번이나 수술을 거듭하고 나서 치료를 마쳤다.

결국 나는 후쿠를 입양했고, 지금 후쿠와 행복한 삶을 즐기고 있다. 2019년 4월에 네 살이 된 후쿠는 지금까지 우리 집 고양이 가운데 나이가 가장 많다. 어릴 적 수술을 세 번이나 받았지만 그 뒤로 한 번도 아프지 않고 건강하게 자라고 있다.

먼저 무지개다리를 건넌 첫째 망고와 둘째 베니가 후쿠를 지켜 주어서 이렇게 건강한 걸까? 불만이 있을 때는 이불에 오줌 테러를 하기도 하지만, 그래도 사랑해! 내 전부, 내 사랑!

가족이 된 나의 친구 토르

_이규희

나는 동물을 무서워했다. 동물을 만나면 등줄기에 땀이 흐를 정도였다. 무서워하는 것과 좋아하는 것은 또 별개라, 반려동물과 함께하는 사람들이 늘 부러웠다. 나에게는 그저 꿈이라고 생각했다.

2010년, 스무 살 때쯤이었나. 다리를 다친 고양이를 구조한 적도 있었다. 그때 동물 병원 안에 있는 동물들이 무서워 안으로 들어가지 못할 뻔했다. 절대 키울 엄두가 나지 않아 동물보호소에 보냈고, 그 고양이는 안락사를 당했다. 그렇게 나는 동물과는 평생 살 수 없겠다고 생각했다.

유난히 더웠던 작년 여름이었다. 남자 친구와 함께 귀가하던 길, 아파트 단지 수풀에서 갑자기 고양이 한 마리가 엄청 예쁜 소리와 함께 튀어나오더니 우리 앞에서 배를 보이고 누웠다. 우리가 관심을 보이자 우리 주변을 뱅글뱅글 돌며 계속 머리를 부비기 시작했다. 나는 이렇게 적극적인 고양이가 처음이라서 남자 친구에게 무섭다는 말을 연발했다.

그래도 고양이는 예뻤고, 배가 고파 보이는 고양이를 지나칠 수 없어서 부랴부랴 근처 마트로 가서 고양이 캔을 샀다. 고양이는 맛있게 먹어 주었다. 그렇게 나는 그 고양이 전용 캣맘이 되었다. 남자 친구가 곁에서 내가 천천히 고양이에게 다가갈 수 있도록 도와준 덕분이었다.

그 고양이는 꼬리가 구부러져 있었는데, 모양이 망치를 닮아서 천둥의 신 토르라고 이름 지었다. 이름을 짓고 나니 정드는 것은 순식간이었다. 날마다 아침저녁으로 토르에게 밥을 주며, 사람을 너무 잘 따르는 토르가 해코지 당하지는 않을까 걱정했다. 토르가 안 보이는 날이나 비가 오는 날이면 늘 조마조마하게 하루를 보냈다.

그러던 어느 날, 토르의 배가 점점 불러오는 것이 아닌가. 나는 걱정이 점점 늘어 가족들에게 고양이를 반려하는 것에 대해 설득하기 시작했다. 임시 보호만 할 것이라고, 토르가 새끼를 낳고 나면 무조건 입양 보낼 거라고 설득했다. 가족들은 의외로 선선히 허락해 주셨지만, 막상 내가 자신이 없고 겁이 나서 데려오지 못했다.

운명의 날은 예상치 못한 때 찾아온다고 했나. 그날 저녁 토르가 곧 새끼를 낳을 것 같았다. 배가 그렇게 많이 나오지 않아 방심하고 있었던 내가 미웠다. 토르는 숨이 가빠 개구 호흡을 할 정도였고, 안절부절못하며 나를 따라다녔다. 나는 토르를 집에 데려가지도, 밖에 두지도 못하겠어서 두 시간 내리 같이 있었다. 이동장도 없었고, 토르가 안기지도 않아서 집에 데려가는 게 불가능했다. 더하여 나는 '책임'이라는 무거운 단어에 짓눌려 토르를 단념하고 집으로 혼자 돌아왔다.

다음 날 아침이 되자마자 토르를 보러 부랴부랴 나갔다.

길에 살던 토르(아래 왼쪽)와 집고양이 토르, 새치(아래 오른쪽)

토르는 나랑 헤어진 아파트 현관문 앞에서 애처롭게 울고 있었다. 그리고 그런 토르를 우리 동네 캣맘이 이동장에 넣으려 하고 있었다. 토르는 친근한 성격 때문에 우리 아파트 사람들이 다 아는 고양이였다. 토르가 다가오지 않아 못 잡고 있다고 했다. 그런데 웬걸 토르가 날 보자마자 쪼르르 나한테 왔다. 덕분에 토르를 이동장에 넣는 것은 성공했다. 그분은 토르가 밖에서 새끼를 못 키울 것 같으니 중절 수술을 시키자고 했다. 나는 크게 당황하여 내가 데리고 있겠다며 우리 집으로 데려왔다.

토르는 우리 집에 온 지 꼬박 하루를 넘기고 새끼 둘을 낳았고, 한 마리는 고양이별로 갔다. 살아남은 아기한테 새치라고 이름 지었다.

그렇게 나는 토르와 새치 두 고양이와 함께 살고 있다. 데려올 때는 거의 충동적이었지만, 깊은 고민이 있던 충동이라고 생각한다. 또 동물을 무서워했던 나는 동물과의 신뢰를 알게 되었다. 둘을 키우면서 정말로 온갖 우여곡절이 있었고, 지금도 있지만 말이다. 이러한 기쁨을 알게 해 준 우리 토르. 임시 보호만 허락했던 가족들은 "예뻐하는 것까지는 바라지 마!" 하셨지만, 지금은 누구보다 예뻐해 주신다. 토르야, 내 사랑아, 사랑해.
+새치도…

나의 못된 고양이 순이

_겸연

순이는 유기묘였다. 품종묘로 태어나 어딘가에 비싸게 팔리기를 기다리고 있던 아깽이였을지도 모르겠지만, 결국 어느 자취하는 대학생의 손에서 자라다 버려졌다.

박스에 들어갈 때만 해도 순이는 무슨 일이 일어나는지 몰랐을 것이다. 박스 안에 쓰던 화장실, 모래, 사료 통이 담겨도 주인이 장난을 치는 거라고만 생각했을 것이다. 하지만 그 박스의 뚜껑이 닫히고 테이프가 붙자, 순이가 놀라서 뛰쳐나가려고 날뛰었겠지. 그러자 주인은 박스의 겉면에다 하드보드지를 덧대고 또 테이프를 칭칭 감았다. 그 상태로 마트 문이 열리길 기다렸다가 마트 지하에 있는 동물 병원 문 앞에 박스를 두고 도망쳤다. 순이가 들어 있던 상자 위엔 나름 구구절절한 사연이 적힌 편지도 놓여 있었다. 결국은 자기변명뿐인 편지.

동물 병원의 수의사 선생님이 내 오랜 지인이었고, 나에게 임시로 맡아 달라고 연락했다. 당시 나는 프리랜서에 일곱 살 먹은 고양이 참깨와 함께 살고 있었기에 다른 질병이 없는 순이를 흔쾌히 받아 주었다.

숨 쉬는 것조차 사랑스러운 순이

그러나 임시 보호 기간 중 순이는 많은 문제 행동을 보였다. 제대로 못 먹었는지 성묘인데도 몸무게가 2.8킬로그램밖에 나가지 않았는데, 그래서인지 식탐이 너무 심했다. 게다가 전 주인이 사람 음식을 준 모양이었다. 쓰레기봉투를 찢고 싱크대를 뒤졌다. 음식물 쓰레기통도 뒤졌다. 사람이 만지면 아주 잠깐, 5초 정도 손길을 즐기다 이내 발톱을 세워 할퀴고 물었다. 입에는 늘 으르렁 소리를 달고 살았다. 발톱이 살을 파고들까 봐 발톱 한 번 깎는 것도 담요를 덮어씌워야 가능했다. 담요 속에서 발만 한 짝씩 겨우 끄집어내서 깎아야 했다.

원래 이름은 릴리였지만, 나는 순해지라는 뜻으로 '순이'라는 이름을 지어 주었다. 나는 순이와 일일이 싸워 가며 행동을 교정해 주었고, 순한 참깨에게 배워서 버릇을 조금 고치기도 했다. 하지만 이미 성격이 완성된 한 살 고양이를 바로잡기에는 시간이 부족했다. 조금씩 임보 기간이 길어졌다.

나쁜 버릇이 조금씩 고쳐지만 그래도 나의 불안감은 사라지지 않았다. 이대로 다른 집에 입양을 갔다가 또 버려지면 어떡하지? 사람 좋아하는 이 고양이가 또 상처받으면 어떡하지? 다른 집에서 사랑받고 살게 될 수도 있지만, 나는 불안감이 더 커서 보내지 못했다. 그렇게 순이를 맡은 지 한 달째 되는 날, 순이는 참깨의 동생이 되었다.

지금 순이는 몸무게가 4.3킬로그램에 나이가 열 살인 할매 고양이가 되었다. 여전히 쓰레기봉투를 뒤지고, 으르렁 소리를 달고 살며, 병원에 가면 나만 공격하는 못된 버릇은 고치지 못했다. 하지만 참깨가 무지개다리를 건너갔을 때 그 슬픔을 견디게 해 주었고, 내 외로움을 채워 주었다. 그 뒤에 입양한 아기 고양이 형제 둥둥이, 몰랑이와 함께 마치 아기 고양이처럼 장난감을 가지고 뛰어논다. 열 살 할머니 같지 않다. 버려질 때의 트라우마로 박스에는 들어가지 않던 순이가 두어 달에 한번쯤은 박스에도 들어간다.

순이는 내가 부르면 눈을 반쯤 감고 야옹 대답하고, 외출했다 돌아오면 뛰어나와서 거실에 벌러덩 드러눕는다. 내가 컴퓨터 앞에 앉아 있을 때면 늘 다리에 몸을 문지르고 내키면 무릎에도 올라온다. 앞발을 만지는 내가 마땅찮아 으르렁거리면서도 가만히 얼굴을 기대 온다. 숨만 쉬어도 귀엽고 사랑스러워서 매일매일이 즐겁다.

참깨

오래오래 함께하자
난이, 중아, 엘리, 흰고

_coolcat

물처럼 잔잔한 난이, 다정한 중아

어느 음식점 뒷문에 박스에 담긴 채 버려져서 사흘 동안 울며 버티던 의지의 아기 고양이가 난이였다. 생후 3주로 추정되었는데, 연고만 한 작은 몸에 피부병으로 털은 듬성듬성 빠져 있었다. 조그마한 녀석이 어떻게든 살겠다고 온힘을 다해 사람에게 매달리는 모습이 짠해서, 사흘이 지나가던 날 한밤중에 우리 집으로 데려왔다. 그 뒤 피부병을 나와 함께 나눠 가지며 투병했다. 지금은 6킬로그램이 넘는 거대 소녀가 되어 16년 넘게 함께하고 있다. 물처럼 잔잔하고 고요한, 세상에서 제일 착한 고양이 뽕난이다.

얼마 뒤, 올케가 얼마 전부터 자꾸 보이는 길고양이가 있는데 사람을 좋아해서 지날 때마다 반갑게 매달린다고 했다. "야옹아." 하고 부르면 "야옹" 대답하고 옆으로 다가와 스윽 볼을 비빈다고. 그러던 어느 날 전화가 왔다. 그 고양이를 빌라 마당으로 데려와 놀고 있으니 얼른 사료 좀 가져다 달라고 했다.

친자매 같았던 난이(위)와 중아

사료랑 캔을 가져가 커다란 대접에 가득 부어 주었는데, 그 작은 고양이가 그 많은 양을 허겁지겁 다 먹었다.

젖소 무늬라서 때가 타 보였지만 털이 보드라운 고양이였다. 당시 근처에 자주 나타나는 한 고양이에게 두 고양이가 희생된 뒤여서 길고양이 가족들을 돌보던 나는 전전긍긍하고 있었는데, 가까이에서 나란히 앉아 눈 마주치고 밥을 먹이고 나니 이 아이가 또 특별해지고 말았다. 이만큼 혼자서 살았으면 잘 적응한 거 아닌가 하는 생각과, 이렇게 사람에게 친화적인 고양이라면 불임 수술을 해서 입양 보내는 것이 인도적인 게 아닐까 고민하다가 품에 안고 집으로 데려오게 되었다.

집 가까이에서 우리 개들이 우르르 짖으니, 놀란 녀석이 갑자기 발톱에 힘주며 버둥거려서 잠깐 사이에 옷에 구멍이 뻥뻥 뚫렸다.

자그마한 몸집이어서 청소년 고양이일까 생각했는데, 동물 병원에서는 한 살은 되었다고 했다. 발정을 한 번 겪고 당시 길고양이 중성화 수술을 무료로 해 주던 병원에서 수술을 받았다. 여자아이라 특별히 며칠 더 입원해서 보살핌을 받을 예정이었는데, 수술 다음 날 전화가 왔다. 아이가 병원에서 먹지도 누지도 않으니 어서 퇴원하는 게 좋을 것 같다는 의견이었다.

돌아오는 차 안에서 내 품에 안겨 애틋하고 사무친 눈빛으로 하염없이 나를 쳐다보는 고양이를 보고는 입양 보내려고 했던 마음이 무너져 버렸다. 나는 이 눈빛의 간절함을 배신할 수 없겠구나. 그렇게 중아는 나의 셋째 고양이가 되었다.

중아는 길고양이 시절에 정말 많이 굶주렸던 걸까. 함께 15년의 시간 동안 한결같이 밥을 너무나 맛있게 먹고, 많이 먹고, 다 먹었다. 밥투정이라곤 단 한 번도 해 본 적이 없다. 다정하고 야무지고 단단하던 우리 중아는 악성 종양 진단 후 열여섯 생일을 몇 달 앞두고 내 곁을 떠났다. 날마다 부둥켜안고 눈을 마주 보며 충전하던 우리. 중아가 떠나고는 충전이 멈춰져 나는 오늘도 중아가 그립고 슬프다.

기적의 소녀 엘리

2007년 3월생 여자아이, elle.

엘리가 서울에서 양평으로 입양될 때 사용된 이동 가방 속 동물 병원 수첩의 기록이었다.

엘리는 어느 외국인이 키우다 본국으로 돌아가며 두고 간 고양이로, 누군가의 주선으로 아파트 경비일을 하던 동네 아저씨 댁에 입양되었다. 엘리는 마당에서 길고양이 아닌 길고양이처럼 살고 있었다.

어느 겨울, 나는 일을 하러 자전거를 타고 건넛마을 골목을 달리다가 어느 집 창가에 앉은 엘리를 스치듯 보았다. 그렇게 우연히 엘리를 알게 되었고, 엘리가 안타까워 한 번 두 번 사료와 캔을 들고 찾아갔다. 시간이 갈수록 생기를 잃고 우울해지는 표정을 읽을 때마다, 구원을 바라는 듯한 간절한 눈빛을 마주칠 때마다 마음이 힘들어졌다. 나를 따라오다가 아주머니가 안아들면 내 뒷모습이 사라질 때까지 하염없이 바라본다는 엘리 때문에 마음이 너무 아팠다.

어느 날은 다른 집에서 놔둔 쥐끈끈이에 붙어 몸이 엉망이 되어 나타나기도 했고, 또 어느 날은 제 똥을 먹기까지 했다는 이야기를 듣고 나는 용단을 내려야 한다고 생각했다. 엘리가 환경 변화로 겪는 스트레스가 갈수록 커지는 것 같았다.

그러던 중 엘리가 사라졌다. 하루가 지나고, 사흘이 지나고, 일주일이 지나고, 한 달이 지나도 찾을 수 없었다. 살아 있을 거라는 실낱같은 희망이 체념으로, 절망으로 바뀌었다. 그렇게 40여 일이 흐른 뒤 거짓말처럼 엘리는 야산에서 올무에 묶인 채로 아주머니에게 발견되었다. 올무를 끊어 보니 배는 찢겨 피투성이에 붉은 살이 드러나 있었고, 커다란 진드기가 붙은 몸은 반쪽이 되어 있었다.

그길로 기차를 타고 서울로 올라와 동물 병원에 입원시켰다. 5킬로가 넘던 아이의 체중은 40여 일 만에 2.7킬로그램이 되어 있었다. 그렇게 커다란 아픈 상처를 갖고도 다시 만난 엘리의 눈빛은 해맑기만 했다. 이 아이는 정말 강하구나, 포기하지 않았구나, 살겠구나, 하는 마음이 들었다. 3월 15일에 사라져 4월 26일에 발견된 엘리. 어떻게 살아 있었을까? 언제부터 그렇게 올무에 걸려 있었을까?

오래 굶어서 심각한 간 손상이 있었지만, 한참 후 교정되어 무사히 봉합 수술을 마치고 이겨 냈다. 엘리의 치료엔 고마운 지인들이 동참해 주었다.

한 달여 만에 퇴원한 엘리는 2009년 6월 1일 드디어 나의 가족이 되었다.

때때로 이런저런 사정으로 주저하게 될 때 아이들이 극적인 사건으로 계기를 만들어 주는 것을 보게 된다. 우리 엘리가 겪은 일은 절대로 겪어선 안 되는 엄청난 고통이었지만, 그 일이

씩씩한 엘리(위)와 막둥이 흰고

없었다면 내가 용기를 낼 수 있었을까 하는 생각을 한다. 어쩌면 용기 없는 나 때문에 엘리가 대가를 지불했나 하는 데까지 생각이 뻗어 가면 더없이 미안해진다.

아무튼 우리는 힘든 시간을 이겨 내고 10년이 넘는 세월을 함께하고 있다. 5년 전에 귓속에 용종이 생겨서 수술을 받고 악성에 가까운 종양이라는 소견을 들었지만, 오늘도 엘리는 씩씩한 명랑 소녀로 오빠들을 나무라며 패기 있게 잘 지내고 있다. 생사의 갈림길에서 돌아온 엘리와 함께하는 기적 같은 새날들이 오래도록 이어지길. 나의 엘리, 사랑해.

흰 고양이 흰고

2013년 초여름이었다. 몇 달 전 어둑한 퇴근길에 차창 밖으로 우리 집 진입로 앞을 걸어가던 흰 고양이를 보고 가슴이 덜컥 했다. 품종 고양이를 누가 버린 걸까. 다시 내 눈에 띄면 어쩌지 했는데, 마침내 우리 집을 찾아왔다.

사람을 보고도 피하지 않고 냥냥 쉰 목소리로 하소연하는 아이였다. 처음 만났는데도 쓰다듬으면서 진드기를 여러 마리 손으로 떼어 줄 수 있을 만큼 사람을 좋아했다. 나이도 그리 많지 않아 보이고 체격은 큰데 여윈 남자아이. 온몸에 진드기도 많고 상처의 흔적과 딱지도 많았다. 흰 털이 거의 회색이 되도록 참 열심히 애쓰며 살아 냈을 이 아이를 위해 따로 밥을 내두게 되었다. 지지 말고 잘 살아라 아가. 네 이름은 흰고야.

그렇게 흰고는 마당에 밥 먹으러 다녀가는 다정한 길고

양이로 지냈다. 그리고 얼마 뒤 얼굴에 물린 상처를 갖고 나타났다. 밖에 두고 상처를 치료하기는 어려웠다. 그래서 치료차 집 안으로 들이고는 다시 길로 내보내지 못했다.

가끔씩 반역을 꿈꾸며 형아들에게 도전을 하고, 자주 억울한 얼굴이 되어 안쓰럽기도 하고 우습기도 한 우리 흰고. 어느새 6년 여의 시간이 흘러 열 살 넘은 중년 고양이가 되었다. 억울미 계속 간직해도 좋으니 건강하게 오래오래 내 곁에 있어 주렴!

우연 아닌 운명

마치 원래 함께 살던 집고양이처럼

내 무릎 위로 올라와 잠을 청했다.

환승하다 만난 환승이

_정은지

2016년 9월 4일, 양재역 햄버거 가게 앞 화단에 앉아 시큰둥한 표정으로 야옹거리는 고양이를 만났다. 급하게 근처 편의점에서 산 닭 가슴살 캔을 물로 대충 헹궈서 주고 돌아왔다. 내가 양재역에서 환승을 하기 때문에 환승이라는 이름으로 부르게 되었고, 귀갓길마다 들르게 되었다.

환승이는 사람이 쉽게 들어갈 수 없는 수풀에 살고 있었는데, 고양이 울음소리가 나는 앱으로 소리를 내면 어딘가에서 야옹거리며 달려오곤 했다. 이름을 부르거나 환승이 구역에 들어가기만 해도 "야옹!" 하며 수풀 사이에서 쏙 나타나는 날이 점점 많아졌다. 피곤해서 그냥 집에 갈까 싶은 날도 있었지만, 버스나 지하철 개찰구에서 "환승입니다." 하는 안내 소리를 들으면 바로 마음이 바뀌곤 했다.

길냥이와 사랑에 빠진 사람이라면 누구나 알겠지만, 날씨가 궂은 날에는 고양이가 나타나도 속상하고, 나타나지 않아도 속상했다. 비를 맞고 젖어서 웅크리고 있는 모습을 보면 마음이 아팠고, 만나지 못하는 날에는 어디서 덜덜 떨며 배곯고 있는 것은 아닌지 걱정되었다. 며칠씩 보이지 않는 때도 종종 있었다. 빈 밥그릇을 보면 환승이든 누구든 먹고 갔으니 다행이라고 생각하며 다음을 기약했다.

2017년 겨울에 나는 지방으로 이사를 가게 되었다. 평일에는 서울에 사는 남자 친구가 밥을 챙겨 주고, 주말에는 서울로 가 환승이를 만나고 왔다. 점점 건사료를 먹기 힘들어하고 기침을 하는 환승이를 보면서, 입양을 하는 게 좋을까 고민이 깊어갔다. 하지만 환승이는 이동장만 보면 숨어 버리곤 했다. 간신히 어르고 달래서 이동장 근처까지 온 날이 있었는데, 내가 성급하게 환승이를 잡는 바람에 오히려 멀리 도망가 버렸다. 그때의 나를 생각하면 황당하기 짝이 없는데, 남자 친구 말에 의하면 내가 뭔가에 홀린 것 같았다고 한다. 그 순간엔 어떤 자신감인지 모르겠지만 그냥 안아 올리면 될 줄 알았다. 지역 캣맘 카페에 가입해서 통덫을 빌린 적도 있지만 대여 기간 동안 환승이를 만나지 못했다.

그러던 어느 주말, 환승이는 굳어 버린 콧물로 코 주변이 꽉 막힌 채 나타났다. 그 전까지는 내 욕심에 납치하는 게 아닌가 고민했는데, 이렇게 두었다가는 환승이를 다시는 못 만나게 될 것 같았다. 길고양이 구조를 병행하는 고양이 탐정한테 의뢰를 했다. 양재역 환승 주차장에서 탐정님을 만나서 이동장을 들고 걸어가던 그날의 추위가 아직도 생생하다.

다행히도 환승이는 그날 나를 반겨 주었다. 탐정님은 내 뒤에 멀찍이 서서 "다정하게 이름을 불러 주세요." "서두르지 말고 일단 많이 쓰다듬어 주세요." 하고 코치했다. 그대로 따랐을 뿐인데, 갑자기 환승이가 제 발로 이동장에 쏙 들어갔다.

기특하고 고마운 환승이

구조 직후 몸무게가 2킬로그램이 채 되지 않았지만, 환승이는 이제 5킬로그램이 넘는다. 어떤 사료를 가져다 줘도 허겁지겁 먹기 바빴던 고양이는 이제 마음에 들지 않는 밥은 냄새만 맡고 헛되이 바닥을 긁어 덮는 시늉을 하는 고양이가 되었다. 굳은살과 각질로 거칠었던 발바닥 젤리는 말랑말랑해졌고, 오물이 엉겨 붙어 쪽가위로 잘랐던 털은 다시 풍성하게 자랐다. 처음 만났을 때처럼 시큰둥한 표정으로 내 베개 위에 누워 있는 이 고양이가 양재역 화단에서 만났던 그 고양이라는 게 종종 믿기지가 않는다.

환승아, 고된 구내염 치료와 발치 수술을 잘 견뎌 줘서 너무나도 기특해! 예전에 넓은 화단에서 뛰어놀 때처럼 비 내리고 눈 오는 것도 보고 비둘기 구경도 할 수 있는, 창문이 크고 넓은 집으로 이사 갈 테니까, 조금만 기다려 줘. 쓴 약도 잘 먹어 줘서 고마워. 앞으로 더 건강해질 수 있도록 언니가 노력할게. 언니가 출근한 동안 많이 심심하지? 나중에는 서울에 사는 두캉이, 록키와 함께 북적거리면서 행복하게 지내자. 무엇보다 언니한테 와 줘서 정말 고마워. 사랑해, 환승아.

주먹만 한 몸으로 따라오던 덤이

_제나

덤이를 처음 만난 건 2018년 8월 30일이었다. 도서관에서 공부를 하다가 너무 졸려서 집에 가려고 나와 앞의 개천을 보며 바람을 쐬고 있었다. 어디선가 새끼 고양이의 울음소리가 들리기 시작했다. 처음에는 잘못 들었겠거니 하고 지나치려는데 주먹만 한 새끼 고양이가 보였다. 큰 고양이와 함께 있기에 아빠 고양이인가 보다 하고 멀찍이서 상황을 보고 있었다.

큰 고양이가 어디로 가려는 듯 걷기 시작하자, 새끼는 주춤주춤 발도 떼지 못한 채로 큰 고양이를 보면서 대차게 울었다. 아빠 고양이가 새끼의 먹이를 구하러 가나 보다 했는데, 갑자기 큰 고양이가 새끼 고양이를 앞발로 툭 치고 뒷발로 뻥 차고는 후다닥 도망을 쳤다. 나는 깜짝 놀라 뒤로 물러섰다.

새끼 고양이를 지켜보다가 집으로 가려는데, 새끼 고양이가 이번엔 나를 쫓아왔다. 차가 많이 지나다니고 인도가 터무니없이 좁은 길이었다. 고양이는 발에 걷어차이거나 차에 깔려 죽기 십상인 길을 100미터나 따라왔다. 고양이가 나를 따라오고 있다는 것을 알아차리고, 이 작은 애옹이를 어떻게 하나 고민

박스에 담겨 우리 집에 온 덤이는
이제 품 안의 고양이가 되었다.

하다가 결국 작은 박스에 담아서 집으로 데려갔다.

부모님은 무슨 병이 있는지도 모르는 고양이를 어떻게 집에 들이냐며 밖에서 재우라고 했다. 할 수 없이 주차장에 있는 서랍장에 박스와 따뜻한 물을 채운 페트병, 펫밀크를 담은 접시와 함께 아이를 넣어두고 밤새 한 시간에 한 번씩 내려가서 고양이를 확인했다.

다음 날 아침이 되자마자 고양이를 데리고 동물 병원으로 갔다. 검사 결과 전염병이나 피부병이 없어서 집으로 데리고 들어갔다. 그날 엄마가 덤이라는 이름을 지어 주었고, 이제는 중성화 수술까지 마친 캣초딩이 되었다. 아프지 말고 오래오래 우리 가족이랑 행복했으면 좋겠다.

지켜 주겠다고 약속한 코오와 쏨쏨

_로하알로아

오송 호수 공원에서 달리기 연습을 하다가 고양이를 만났다. 그래서 이름을 송송이라고 불렀다. 소문에 의하면 새끼와 함께 버려진 집고양이라고 했다. 사람을 너무 좋아해서 젖을 먹이다가도 사람을 보면 일어나 머리를 비볐다.

태풍이 오던 날, 사람들이 송송이를 새끼 고양이와 함께 공원 화장실에 넣어 주었다. 그러나 신고를 받고 관리인이 어디론가 보내 버렸다. 지켜 주지 못한 미안함에 울면서 집으로 돌아왔다.

몇 주가 지나 다시 공원에 소시지를 들고 돌아다녔다. 작은 새끼 고양이 두 마리가 내 앞을 후다닥 뛰어갔다. 화장실에 아이들을 넣어 줄 때 도망가서 잡지 못한 새끼 두 마리가 있다고 들었다.

이름을 지었다. 송송이랑 닮은 고등어 아이는 쏨쏨, 코 밑에 O 모양의 검은 무늬를 가진 턱시도 아이는 코오라고 했다.

송송이는 지키지 못했지만 이 둘은 꼭 내가 지키리라 마음먹었다. 태풍이 오든 눈이 오든 아이들 밥을 챙기러 공원에 갔

송송이의 아들 쏭쏭(위)과 코오

다. 날마다 갔다. 지진이 나던 날, 바닥에서 자다 일어나 고양이들한테 달려갔다. 더는 애들을 밖에 둘 수 없다고 생각했다.

그래서 차근차근 준비를 했다. 회사에서 독서 동호회 총무였던 나는 고양이 책들을 사들였다. 인터넷 고양이 카페를 통해 고양이 용품을 중고로 사 모았다. 원룸 주인에게는 애들이 심하게 울거나 건물이 훼손되면 보상하겠다는 문자를 보내고 고양이 키우는 것을 허락받았다.

동네 캣맘 언니와 친하게 지냈는데, 그 언니 도움을 받아 그해 겨울에 아이들을 구조했다. 언니는 애들이 겨울을 따뜻하게 보내게 되었다고 응원해 주었다.

하지만 미안했다. 넓은 공원에서 달리고 나무에 오르기를 좋아하는 고양이들을 원룸에 가두기가 너무 미안했다. 그 뒤로 여러 준비 끝에 좀 더 좋은 월급을 주는 직장으로 이직할 수 있었다. 더욱 서울과 멀어진 지방이었지만, 애들에게 무언가 사줄 수 있는 돈이 생겼고, 방이 둘인 집으로 이사할 수 있었다.

이사하는 날, 계속 도망가는 코오와 보일러 위 배관에 매달린 쏨쏨을 겨우 떼어내 이동장에 넣어서 안고 트럭 기사와 같이 집에 도착했다. 고양이들은 내 침대에 오줌을 싸며 화를 냈지만, 다행히 금방 적응했다.

처음 만난 날, 2016년 6월 27일. 그때가 한 달 정도 되었으니 생일은 5월 25일로 정했다. 지금 코오와 쏨쏨의 나이는 세 살이 넘었다. 미리 안티에이지 사료를 먹이고 있다. 오래오래 같이 행복하게 살자. 더 좋은 곳으로 데려갈게. 사랑해.

제 발로 걸어 들어와 가족이 된 이브

_이수지

이브는 길고양이 출신의 삼색이로, 2013년의 크리스마스이브에 우리 집에 들어왔다.

담배를 피우러 빌라 주차장에 나갔던 아버지한테 다가온 것이 첫 만남이었다. 고양이가 빌라 현관까지 졸졸 따라오길래 어디까지 따라오나 보자 하고 삼층까지 함께 올라온 아버지가 설마 하고 집의 현관문을 열어 주었다. 고양이는 아버지보다 먼저 집 안으로 들어와 전기장판 위에 철퍼덕 누워 버렸다. 그리고 그날 저녁으로 삶은 돼지고기 수육과 깔끔히 정수된 물을 얻어먹고 꿈나라로 빠져 버렸다. 추운 데로 내보내기 불쌍하니까 하룻밤만 재워 주자고 한 게 지금까지 우리 집에서 함께 살고 있다.

재미있는 일은, 다음 날 화장실이 급한 고양이가 집 밖으로 나가 버려서 다시는 못 만날 줄 알았는데, 산책 나온 강아지들한테 쫓겨서 집 앞 나무에 매달린 것을 동생이 발견해서 다시 데려온 것이다.

당시 이브는 한 손으로 번쩍 들 수 있을 만한 몸집의 8개

길에서 만난 이브와 크리스마스이브에 들어온 이브

집순이 이브

월령쯤으로 추정되는 청소년 고양이였다. 난생 처음 집에 들인 동물이 신기해서 사진도 찍고 쓰다듬기도 했는데, 자꾸 이상한 기시감이 들었다. 설마 하고 스마트폰의 사진 갤러리를 넘겨 보았다. 한 달 전쯤에 동네 어귀에서 만났던, 붙임성 있는 고양이의 사진을 찾았는데, 그 고양이의 무늬와 우리 집 전기장판 위에 팔자 좋게 드러누워 있는 녀석의 무늬가 똑같았다.

사실 우리 집은 집 안에 동물을 들이는 건 절대 안 된다는 주의였다. 그래서 지금까지 몇 번 인연이 닿은 동물도 매번 부모님의 반대로 들이지 못했다. 만약 이브를 내가 데리고 왔다면 당장 쫓겨났을지도 모른다. 집안의 최고 결정자가 누구인지 꿰뚫어 본 이브의 지능적(?) 판단으로 집사 간택에 성공할 수 있었던 거다.

지금은 6킬로그램의 거대 고양이가 되어 나를 '고양이 확대범'으로 만들어 줬지만, 이제 우리 집에 없다는 걸 상상할 수 없는 소중한 가족이다. 벌써 나이가 여섯 살이고 건강이 걱정되니, 엄마한테 밥 얻어먹고 아무 것도 못 먹은 척 언니, 오빠한테 또 밥을 얻어먹는 사기 행각은 그만두었으면 좋겠다.

스쳐가던 묘연의 끝을 잡은 애옹과 레옹

_애옹레옹엄마

애옹이와 처음 만난 것은 2017년 6월 10일 토요일이었습니다. 당시 저는 공무원 시험을 준비하려고 할머니 댁에서 살고 있었습니다. 원래 할머니 댁에는 나비라는 치즈 고양이가 있었습니다. 여느 시골 야옹이와 같은 삶을 살던 나비는 어느 날 홀연히 집을 떠나 다시는 돌아오지 않았습니다.

한 달이 지나자 할머니는 쥐를 잡을 고양이가 필요하다며 새 고양이를 찾아야겠다고 입버릇처럼 말했습니다. 말만 '우리 고양이'였지 길고양이와 다를 바 없이 살던 나비의 모습을 본 저는 할머니를 여러 차례 말렸습니다. 고양이에 관해 잘 모를 때였지만 할머니가 나비를 대하는 게 방치와 학대라는 걸 알고 있었기 때문입니다. 당시 돈 한 푼 없는 백수였던 저는 고양이가 새로 들어오더라도 나비보다 나은 삶을 살도록 도와줄 자신이 없었습니다.

그런데 어느 날 사촌 동생이 고양이를 한 마리 데려왔습니다. 과외 선생님이 기르던 고양이가 가출했다가 돌아왔는데, 그동안 아기를 배서 낳은 새끼 중 막내라며 큰 박스에 작은 아기 고양이와 사료 반 봉지를 담아 가져왔습니다. 주말을 맞아 할머니 댁에 놀러 온 사촌동생들은 이름을 짓는다, 쓰다듬는다 부산스러웠고, 막 두 달이 되어 작기만 하던 고양이는 에어컨 뒤에 숨어 바들바들 떨고 있었습니다.

주말이 지날 동안 아기 고양이는 엄마를 찾아 쉬지 않고 울었고, 동생들은 결국 이름을 지어 주지 못하고 집으로 돌아갔습니다. 그때까지도 저는 이 고양이가 할머니의 고양이고, 결국 할머니 마음대로 길러질 거라는 생각을 하고 있었기 때문에, 이름을 대충 애옹이라고 붙여 주었습니다.

할머니는 2주 지나면 고양이를 마당으로 내보낼 거라고 했습니다. 그리고 그 말에 저는 난생처음으로 할머니께 대든 끝에 기간을 두 달로 조정할 수 있었습니다. 2주가 두 달이 되고, 두 달이 네 달이 되면서 저는 이 고양이와 사랑에 빠지고 말았습니다. 사랑하지 않을 수 없었습니다. 자기보다 훨씬 커다랗고 위협적일 수 있는 저를 온전히 믿어 주는 이 작은 고양이를 지켜 내고 싶어졌습니다.

아기 애옹

아기 레옹과 큰 레옹

이것저것 배우고, 필요한 물건을 사고, 더 나은 먹이를 제공하며 할머니와 싸우기도 여러 번, 2017년 10월에 결국 저는 애옹이를 데리고 할머니 댁을 떠나게 되었습니다. 그렇게 애옹이는 어느새 '내 고양이'가 되었습니다.

애옹이와 함께 자취를 하는 동생과 살게 되었습니다. 그리고 시간은 흘러 2018년 10월 5일이 됩니다. 이날이 바로 레옹이를 만난 날입니다. 아르바이트를 끝내고 저녁을 먹은 뒤 쉬고 있었는데, 갑작스레 직원 분한테서 전화가 왔습니다. 사흘 밤낮을 홀로 우는 아기 고양이가 있는데, 엄마가 없는 것 같아 주웠다, 고양이가 너무 작은데 나는 애를 돌볼 수가 없다는 말만 되풀이하던 그분은 아기 고양이를 무작정 저에게 데려다 주었습니다.

아주 작다고만 하셔서 애옹이 아기 때처럼 두 달쯤 되었을까 했는데, 실제로 보니 3주는 되었을까 싶은 아기 고양이였습니다. 손으로 한참을 만지고 쓰다듬어 사람 냄새가 배었을 아기를 있던 자리에 되돌려 두라고 하기에는 이미 늦은 뒤였습니다. 아기는 너무 작고 날씨도 추웠습니다. 삐약삐약 울다가 제 품에 안기자마자 조용해진 아기를 보며 그분은 신기하다고 하고는 집으로 갔습니다.

그렇게 갑작스레 집에 온 아기 고양이는 '방울'이라는 임시 이름을 받았습니다. 2개월령이 될 때까지 데리고 있다가 더 좋은 집을 찾아 줄 생각이었습니다. 아기는 울지도 않고 밥을 먹고 잠이 들었습니다.

그런데 찬찬히 살펴보자 아기 고양이의 오른쪽 배가 좀 이상했습니다. 반대쪽에 비해 유난히 불룩하고 말랑했습니다.

병원에 데려가 보니 탈장이 심해서 수술을 받아야 한다고 했습니다. 200그램. 다른 3주령 고양이에 비해서도 너무나 작은 고양이가요. 지금 당장은 너무 작고 어려서 수술이 힘들고 한두 달이 지나야 수술할 수 있는데, 그때까지 살아남을지, 그때가 되어도 수술이 가능할지, 수술하더라도 성공할 수 있을지는 장담할 수 없다고 했습니다.

집으로 돌아와 동생과 긴 이야기를 나누었습니다. 그리고 방울이는 애옹이의 '옹'자를 따서 '레옹'이라는 새 이름으로 저희 집 둘째가 되었습니다. 레옹이는 탈장이 생각보다 심했지만 지금은 수술을 무사히 마치고 건강하게 지내고 있습니다.

여기까지가 제가 애옹이, 레옹이 형제를 만나 가족이 된 이야기입니다. 고양이보다 강아지를 더 좋아했던 제가 두 고양이의 엄마가 되어 있는 걸 보면 '묘연'이라는 것이 있기는 한 것 같습니다. 세상 모든 야옹이들이 자기의 묘연을 만나 따듯한 가정에서 배불리 행복하길 바랍니다.

우리 집 고양이 복정이와 홍도

_김요다

복정역에서 데려온 복정이

2006년 9월 21일, 회사 동료들 몇이랑 남한산성에서 오리 고기에 소주를 곁들인 후 지하철을 타려고 복정역으로 갔다. 술을 좀 깨고 타려고 역 주변을 어슬렁거리고 있었는데, 어떤 남자가 쭈그리고 앉아 고양이한테 조약돌을 던지고 있는 걸 발견했다. 고양이는 작은 풀덤불에 숨어 피하고 있었다. 그 모습을 보고 놀란 나는 구석에 몸을 숨기고 그 남자가 혹시나 큰 돌을 던지며 해코지를 하지 않는지 지켜봤다.

잠시 후 그 남자는 자리를 떠났고, 나는 고양이가 다치지 않았는지 확인하러 다가갔다. 작은 노랑둥이였다. 어처구니가 없게도 이 고양이는 아무 생각이 없는지 길게 드리워진 풀잎을 툭툭 치며 놀고 있었다. 돌을 던져도 가만히 있고, 낯선 사람이 다가가도 풀이나 치고 있는 고양이를 보니 이러다 큰일을 당할까 겁이 났다. 그 남자가 또 와서 괴롭힐 것도 같았다.

술기운에 이성적인 판단은 하지 못하고 고양이를 구해

야 한다는 일념으로 노랑둥이를 들어 가방에 넣었다. 마침 그날 큰 가방을 들고 출근해서 고양이를 넣기에 충분했다. 복정역으로 내려가 지하철을 탔는데, 고양이는 야옹 소리 한 번 없이 가방 안에 얌전히 있었다.

집으로 돌아와 고양이를 꺼냈는데, 그제야 술이 깨서 제정신으로 돌아왔다. 키우는 고양이가 이미 둘이나 되는데, 이 사고를 어떻게 수습해야 하나 막막했다.

술이 깨어 맑은 눈으로 고양이를 보니 너무 못생겼고 한쪽 앞발은 기형이었다. 아, 망했다. 이 못생긴 녀석을 누가 데려가기는 그른 거 같았다. 그래도 고양이 셋은 무리여서 입양 보내기로 결심했다. 다음 날 검사를 하려고 동물 병원에 데려갔고 임시로 복정이라고 이름을 붙였다.

데려올 때는 얌전하던 놈이 알고 보니 어찌나 유난스럽던지 원래 있던 고양이들을 괴롭혀서 꽤 스트레스를 받았다. 성격도 더러우니 입양 보낼 확률은 점점 더 희박해지는 것 같았다. 한 달쯤 고민하다가 결국 입양글 한 번 올려 보지 못하고 그냥 데리고 살기로 했다. 이름을 다시 제대로 지을까 하다가 이미 익숙해져서 새 이름을 알아듣지 못할 것 같아 계속 복정이로 부르고 있다.

이제는 함께한 지 13년이 지났다. 나이를 먹으면서 성격도 점점 둥글둥글해졌고, 몸매는 더 둥글둥글해졌다. 동생도 셋이나 생겼지만 아직까지 유일한 무릎냥이고, 다리에 꾹꾹이를 해 주는 기특한 안마냥이다. 스무 살 정도는 거뜬하게 채우고 그 후로도 오래오래 함께 살고 싶다.

홍도, 넌 너무 예뻐

동네 길고양이들에게 사료를 주던 2013년 늦은 여름날, 가출 고양이로 보이는 하얀 고양이와 마주쳤다. 고양이나 사람들 눈에 띄지 않으려고 보통 새벽 네 시쯤 사료를 주러 나갔는데, 이 흰둥이가 자주 눈에 띄기 시작했다.

그 시간에 맞춰 기다리고 있다가 어디선가 "애앵" 하며 나타나는 횟수가 점점 잦아졌다. 그럴수록 나는 근심이 쌓여 갔다. 이미 고양이가 다섯이어서 더 이상의 인연이나 책임이 부담스러웠다. 그래서 밥만 주고는 고양이들과 눈도 마주치지 말자고 마음먹었기 때문이다.

하지만 그런 결심 따위는 아무 소용 없었다. 흰둥이가 나와 있으면 한숨짓고, 안 보이면 걱정하게 되었다. 겨울이 되자 흰둥이는 점점 더 친근하게 다가왔다. 아무리 무심하게 대해도 소용이 없었다.

어느 날 새벽, 사료를 들고 나가 보니 밤새 눈이 쌓여서 온 세상이 어둠 속에 하얗게 빛나고 있었다. 그때 흰둥이가 "애앵" 나타나서는 앞장서서 아무도 밟지 않은 깨끗한 눈길 위에 고양이 발자국을 내며 급식소까지 안내했다. 종종 뒤를 돌아보며 내가 잘 따라오는지 확인하던 그 모습이 어찌나 예쁘던지 아직까지 잊히지 않는다. 하지만 그럴수록 나는 더욱 굳게 다짐하며 눈도 마주치지 않고 무시했다.

어느 날, 새벽에 사료를 주고 집에 들어왔다가 출근 시간이 되어 집을 나섰다. 이 녀석이 우리 집 현관 앞에 앉아 있는 걸 보았다. 드디어 우려하던 일이 일어났구나. 나는 심장이 덜컥 내려앉았다. 사람에게 너무 의지하게 된 이 녀석을 이대로 길에 두면 안 되겠다는 생각을 하게 되었다.

2014년 1월 12일 새벽, 흰둥이는 사료는 뒷전이고 나한테 놀자고 들이댔다. 나는 한숨을 쉬다가 집으로 다시 가서 이동장을 들고 나왔다. 그리고 흰둥이를 잡아서 재빠르게 이동장에 넣었다. 흰둥이는 얼떨떨해하다가 곧 이동장 안에서 난리를 치기 시작했고, 나는 서둘러 집으로 갔다.

하얗고 예쁘게 생겨서 입양 보내는 데는 무리가 없을 것 같았다. 일단 우리 집 고양이들을 피해 방 하나에 격리했다. 흰둥이는 밤마다 탈출하겠다며 벽을 타고 다니고, 어떻게 알았는지 창문의 잠금 고리를 열기도 했다. 밤새도록 우는 흰둥이를 보고, 괜히 내 맘대로 데려와 괴롭히는 건가 싶기도 했다.

2주 정도 지나니 적응하기 시작했고, 한 달이 되는 날 격리를 풀었다. 그때까지도 같이 살지 입양을 보낼지 결정하지 못하고 있었다. 그런데 우리 고양이들과 큰 무리 없이 합사되고 나와의 신뢰도 돈독해진 것 같아서 같이 살기로 했다. 이름은 '홍도'라고 지었다. 홍도는 사람에게 아주 살갑게 구는 아이다. 날마다 홍도의 귀여움에 영혼을 빼앗기며 행복하게 지내고 있다.

복정이(노랑)를 구경하는 곰(까망)과 홍도(하양)

비를 맞은 채 묶여 있던 동동이와의 만남

_전남댁

동동이의 사진을 본 순간 M 언니가 말했다.

"얘는 딱 너의 고양이야!"

나의 고양이라니. 그 순간, 살면서 남에게 처음 칭찬을 듣는 사람처럼 가슴이 떨렸다.

"너랑 꼭 닮았잖아. 처음부터 너랑 살게 될 운명이었던 고양이 같아."

사람이 너무 기쁠 때는 웃음은커녕 어떤 소리도 내기 어렵다는 걸 그때 알았다. 딱히 내색은 하지 않았지만, 언제고 그 말을 떠올리면 추운 날에도 몸이 절로 따뜻해지는 것 같은 행복감을 느낀다.

동동이를 처음 만난 건 2018년 8월 말. 지금 살고 있는 전남 지역에 거의 매일 호우주의보가 내리다시피한 때였다. 30평생을 수도권에서 살다가 결혼과 함께 낯선 지역으로 옮긴 지 두 달이 채 안 된 때였다. 친구도 친지도 없는 곳에서 유일한 외출은 자전거를 타고 헬스클럽에 가는 것. 아파트 단지 안에 비교적 새로 지은 헬스클럽이 있어서, 남편이 출근하고 나면 운동 겸

산책을 하러 갔다.

그날도 운동을 가는데, 경비실 앞에 목줄에 묶인 웬 생물체가 보였다. 가까이 가 보니 고양이. 갓난아기 태를 갓 벗어난 삼색 고양이였다. 어젯밤에 사람들이 경비실을 둘러싸고 구경했던 게 이 고양이였구나.

평소 랜선 집사로 고양이에 대한 깊은 애정을 눈으로나마 달래곤 했던 나는 이 고양이의 처지가 너무 궁금해졌다. 당장 경비실로 들어가 연유를 물어보니, 당신이 자리를 비운 사이에 누가 묶어 놓고 갔다며 난감해했다. 다행히 한 이웃이 사료를 꾸준히 가져다주고 있다고 했다.

운동을 다녀와서도, 밤이 되어서도 머릿속은 온통 삼색이 걱정뿐이었다. 곧 비가 쏟아질 텐데, 계속 경비실 앞에 옴짝달싹 못하고 묶여 있으면 어쩌지?

다음 날 눈을 뜨자마자 자전거를 타고 삼색이를 찾아갔다. 삼색이 근처에서 오줌 냄새가 스멀스멀 올라오기 시작했다. 삼색이는 천진난만한 얼굴로 옆 의자로 점프를 했다가 착지했다가, 곧 지루한지 다시 엎드리기를 반복했다.

한참 삼색이 곁에서 서성거리자, 경비 아저씨가 데려갈 생각이 없냐고 물었다. 단번에 대답하지 못하고 조금 망설였던 게 사실이다. 남편의 동의를 구해야 했기 때문이다.

무거운 마음으로 집에 돌아왔고, 다음 날 아침에 또 삼색이를 찾아갔다. 경비 아저씨가 사료가 다 떨어져 점심 때 식당에서 남은 음식물을 좀 얻어 와야겠다고 말했다.

가만히 있을 수 없어서 바로 자전거를 타고 10분 거리의 마트로 향했다. 비가 떨어지기 시작해서 페달을 열심히 밟아 마

어엿한 우리 가족 동동이

트에 도착해 사료를 집어 들었다. 계산하려고 보니 경비실에 지갑을 놓고 왔다는 걸 깨달았다. 분노의 페달을 밟으며 경비실로 가서 지갑을 찾고 다시 마트에 도착하자 비가 매섭게 쏟아졌다. 결국 비를 쫄딱 맞은 채 사료와 물그릇을 들고 겨우 경비실에 도착했다.

밀려오는 서러움도 잠시, 삼색이가 사료를 오독오독 씹는 걸 보자 힘들었던 몸과 마음이 사르르 녹아내렸다. 스스로 장한 일을 했다고 여기며 집에 돌아가서 남편에게 메신저로 다짜고짜 삼색이를 집에 들이자고 말했다.

삼색이의 가련한 처지에 공감하고 있던 남편은 나의 간곡한 부탁에 결국 동의했다. 저녁에 남편이 퇴근하자마자 경비실로 가 삼색이를 데려왔다. 오줌 냄새 나는 목줄을 끊고 집 안에 풀어 주자, 삼색이는 무서운지 침대 밑으로 들어갔다. 10분을 머물다 다시 밖으로 나와서 박스에 마련한 모래 화장실에 오줌을 누었다. 그러더니 곧 적응한 듯 온 집안을 가볍게 돌아다녔다. 그리고 마치 원래 함께 살던 집고양이처럼 내 무릎 위에 올라와 잠을 청했다.

이제 삼색이는 '동동이'가 되었고 우리와 함께 산 지 4개월이 되어 간다. 그 사이 중성화 수술도 하고 화장실, 캣타워를 비롯한 각종 장난감이 우리 집의 중요한 비중을 차지하게 됐다. 남편은 가끔 자기 자리가 점점 좁아진다며 투덜거리곤 하지만, 동동이를 보는 눈길은 사랑스럽기 그지없다.

거의 날마다 사랑한다고 읊조리며 (좋든 싫든) 뽀뽀해준다. 그러면 노란색과 초록색이 섞인 반짝이는 눈동자를 깜박거리는데, '나도 너 좋아해' 하고 말하는 것 같아서 기분이 좋다.

동동이는 내 마음을 알지 않을까?

새로 산 가죽 소파를 긁고 비싼 전기장판을 긁을 때마다 반려동물을 키우는 게 쉬운 일만은 아니라는 걸 실감한다. 당연하게 고양이도 감정이 있고 욕구가 있다. 그만큼 고양이가 행복하게 살 수 있는 환경을 만들어 주려고 노력하는데, 그때마다 한 생명체를 키운다는 게 얼마나 묵직한 일인지를 절감한다. 입양이 왜 숙고에 숙고를 거듭해야 하는 일인지를 키우고 나서야 더욱 깊이 깨닫는다.

그렇지만 어느 순간 그런 것들은 까맣게 잊고 예쁜 우리 집 고양이의 사진을 찍는 나를 발견한다. 동동이는 이제 완연한 우리 가족이다. 사랑을 주고 책임지며 애정을 나누는 가족.

내 영혼의 쌍둥이 쮸쮸

_윤영호

녀석을 처음 만난 건 사촌 오빠 집이었다. 사촌 오빠는 당시 길고양이 구조, 임보, 입양 활동을 부지런히 하고 있었던 터라 오빠 집에는 입양을 기다리는 녀석들이 머물고 있었다. 오빠 집에는 나의 로망인 치즈 줄무늬, 우아한 젖소, 기품 있는 고등어, 그리고 삼색이와 카오스 언저리로 태어난 볼품없는 녀석이 있었다.

녀석의 사연은 이러했다. 길냥이로 살던 시절 다른 고양이들한테 늘 구박을 받아 이래저래 치였고, 사람을 좋아했다. 독립적으로 사는 게 불가능해 보여서 누군가 보호소에 보냈고, 안락사 하루 전에 구조자가 오빠 집으로 데리고 왔다고 했다. 녀석의 입양처를 구하기 위해 전문 사진사까지 동원해 아련한 눈빛과 처절한 구애가 담긴 사진을 녀석의 사연과 함께 올렸지만, 입양 문의는 오지 않았다고 했다. 그도 그럴 것이 아무리 고양이를 좋아해도 녀석의 사진에 넘어갈 사람은 없어 보였다. 그리고 별로 특별할 것도 없는 사연이었다.

오빠 집에 머무는 동안 난 예쁜 녀석들과 친해지고 싶었다. 오른팔이 떨어져 나갈 정도로 '오뎅꼬치(어묵 꼬치 모양으로 생긴 고양이 장난감)'를 흔들었는데, 유독 한 녀석만 미쳐 날뛰었다. 바로 그 녀석이었다. 중성화 수술을 해서 배에 붕대를 감고 있는 것도 아랑곳없이 펄펄 나는 저 에너지! 저러다 봉합한 곳이 터져 재수술을 할까 봐 걱정될 정도였다.

오빠는 녀석을 앵앵이라 불렀다. 한 시간쯤 지나고 왜 앵앵이인지 알았다. 내 고막에 왕파리 한 마리가 달라붙은 듯한 착각이 들 정도로 녀석은 리듬감 있게 "앵! 앵앵! 앵앵앵!" 쉬지 않고 노래를 불렀다. 되도록 멀리 달아나고 싶었지만, 녀석은 끈질기게 내 옆자리를 지켰다. 살가운 녀석이었지만 내 취향은 아니었다. 나는 오매불망 기다리던 고양이가 있었다. 일명 '슈렉 고양이'를 닮은 노란 줄무늬 고양이.

그런데 집으로 돌아온 나는 앵앵이의 소식이 궁금했다. 망했다! 나는 가난했고, 팔자에도 없는 공부를 하겠다며 일을 그만두기 직전이었다. 한 치 앞을 내다볼 수 없는 나에게 고양이라니! 나는 덜컥 녀석을 데리고 집으로 왔다. 그리고 앵앵이는 쮸쮸가 되었다.

쮸쮸가 온 뒤로 나는 쮸쮸와 한날한시에 태어난 쌍둥이 마냥 살고 있다. 입은 짧지만 자주 먹고, 밥보다 간식을 좋아하고, 어디든 잘 눕고, 내가 좋을 때는 살갑고, 귀찮다 싶으면 동굴 속으로 들어가 나올 생각을 안 한다. 나와 쮸쮸는 그렇게 서로 닮아가는 중이다.

쮸쮸에게 더할 나위 없이 녀석을 사랑하고 아끼는 가족이 한 명 더 생겼다. 바로 내 친구. 가끔씩 술을 마시다가 "쮸쮸가 사라지면 어떡해." 하며 눈물을 흘리는 친구의 주사에 맥없

얼굴에 짜장을 잔뜩 묻힌 쮸쮸

이 웃음이 나지만, 녀석을 사랑하는 사람들이 늘어날 때마다 오래오래 살 것 같은 생각이 들어 참 좋다.

옆으로 넓데데한 얼굴에 진한 눈매, 천상의 세계에서 가장 좋아한 음식이 짜장이었는지 코와 입술에 잔뜩 묻혀 왔다. 까만 짜장 밑에 숨겨진 쮸쮸의 입술, 그 입술 사이로 비집고 나오는 쮸쮸의 목소리는 내가 지금껏 들었던 소리들과는 다르다. 내가 어디에 있건 "쮸쮸야" 부르면 "에옹" 대답해 준다. 쮸쮸의 수염은 유리병에 모아 둔다. 내 속눈썹과 쮸쮸의 수염에 소원을 빈다. 녀석과 함께하는 환갑잔치를 꿈꾼다.

나를 성장시킨 고양이 다비

_VIRRO

모든 반려인과 고양이들의 만남이 그렇겠지만 다비와의 만남은 정말 특별했다. 그것은 말 그대로 묘연이었으며 으레 그렇듯 고양이의 간택으로 이루어졌다.

때는 2018년 1월 18일, 역대급 한파가 몰아친 날이었다. 나는 당시 편의점에서 야간 근무를 하고 있었다. 유난히 물건이 많이 들어온 날이었기에, 나는 정리를 시작하기 전 담배를 피우러 밖으로 나갔다. 더 이상 껴입을 수 없을 만큼 완전 무장을 하고 있었지만 밀려오는 새벽 한기에 몸이 절로 떨렸다. 어디선가 애옹 소리가 들렸다. 주위를 둘러보고 곧바로 고양이 한 마리를 찾을 수 있었다.

그 고양이는 마치 나에게 말을 걸기라도 하듯이 나를 뚫어져라 쳐다보고 있었다. 나는 바로 담뱃불을 끄고 고양이와 눈을 맞추며 조심스레 편의점 안으로 들어갔다. 편의점 문이 닫힌 순간 나는 빛의 속도로 고양이 캔을 사고 종이컵에 따뜻한 물을 담아 들고 조심스럽게 밖으로 나왔다.

이 혹독한 추위에 배라도 채웠으면 하고 간절히 바라며,

한쪽 구석에 먼저 물을 내려놓았다. 그런데 고양이는 나에게 스스럼없이 다가왔고 캔을 따고 있는 내 손에 계속 박치기를 했다.

나는 고양이 머리를 살짝 쓰다듬어 주고는 캔과 물을 두고 조금 떨어진 곳으로 갔다. 밥을 먹는 모습을 사진도 찍고 동영상도 찍으며 보는데, 마음이 너무 아팠다. 찬찬히 살펴보니 고양이는 많아야 4~5개월쯤 되어 보였고 많이 말라 있었다. 눈곱도 껴 있었고 콧잔등에는 피부병인지 상처인지 모를 흔적이 있었다. 과연 이 추위에서 살아남을 수 있을까? 걱정이 밀려 왔다.

이런 걱정을 하는 와중에도 손님은 계속 와서 나는 고양이에게 캔을 하나 더 주고 편의점 안으로 들어와서 일을 하고 있었다. 15분쯤 지나 다시 밖에 나가 보니 고양이가 그 자리에 가만히 앉아 있었다. 내가 나온 걸 보고 고양이는 나에게 다가와 또 박치기를 해 대고, 처음 본 나에게 골골송까지 불러 주었다. 정말이지 황송했다.

나는 고양이가 잠시 바람을 피해 쉴 수 있도록 상자 안에 내 외투를 깔아서 고양이 곁에 놓아 주었다. 다행히도 고양이는 그 안에 들어가서 자리를 잡고 누웠다. 그 모습을 뿌듯하게 지켜보다가 나는 아차 싶었다. 새끼 고양이에게 사람 냄새가 배면 어미에게 버려진다는 소리를 어디선가 들었던 게 떠올랐기 때문이다. 하지만 차마 그 안에서 졸고 있는 아이를 다시 꺼낼 수는 없었다.

나는 편의점에서 일하면서 고양이의 상태를 확인하려고 들락날락했다. 내가 나갈 때마다 고양이는 반겨 주었다. 안에 있다가 밖을 보니 문 앞에 고양이가 앉아 나를 쳐다보고 있었다. 그때 막 손님이 문을 열고 나가서 고양이가 놀라 후닥닥 사라졌다. 나는 혹시 문에 부딪힌 건 아닐까 걱정되어 나가 보았지만, 고양이는 보이지 않았다.

어쩔 수 없이 다시 안으로 들어와 일하고 있는데, 곧 고양이가 문 앞으로 돌아와서 나를 부르듯 울고 있었다. 나는 깊이 생각할 겨를도 없이 문을 열어 고양이를 안으로 들어오도록 했다. 편의점 안은 따뜻했고, 나는 알 수 없는 감정에 휩싸였다. 물론 일하고 있는 곳 안으로, 그것도 먹을 것을 팔고 있는 곳으로 고양이를 데리고 들어오면 안 되지만, 그래도 이 쉬운 일을 해주지 못하고 밖에서 계속 떨게 놔두었던 게 마음이 아팠다. 이 고양이 한 마리만이 아니라 그 순간 밖에서 추위에 떨고 있을 수많은 고양이들에게 미안한 마음이 들었다.

나는 일단 고양이를 카운터 안쪽으로 따라오도록 유도하고 입구를 박스로 막았다. 그러고는 바로 점장님에게 사정을 설명하고 허락받았다.

시간은 흘러 퇴근 시간이 되었고, 나는 고양이가 밖으로 나가도록 유도했다. 고양이는 밖에서도 계속 문 앞에 앉아 있었다. 손님들이 계속 드나들어서 위험한 곳이라 다시 고양이를 데리고 들어올 수밖에 없었다.

어찌해야 할지 몰라 애인에게 조언을 구했더니, 그것은 간택이라고 말했다. 하지만 나는 집에서 강아지를 키우고 있었으며, 함께 사는 부모님이 고양이를 좋아하지 않으셨다. 퇴근 시간을 넘겨서도 이러지도 저러지도 못하고 한숨만 푹푹 쉬었다.

하지만 짧은 시간 동안 정들어 버린, 그리고 상태도 좋지 않은 고양이를 이 추위에 밖에 두고 집에 갈 수는 없었다. 보호하다가 입양을 보내더라도 그게 맞다고 생각했다. 그렇게 고

©VADARRO

여러 어려움 속에 가족이 된 다비

양이는 다비라는 이름을 갖게 되었다.

예상대로 부모님과 트러블이 생겼고, 강아지와의 합사도 성공적이지 못했다. 게다가 다비는 갖가지 질병을 가지고 있어서 많은 돈이 들어갔다. 그리고 나는 편의점 일 말고도 하는 일이 굉장히 많았고 꽤 많은 시간을 투자해야만 했다.

그리고 사실 강아지를 키우면서 다시는 생명체를 집에 들이지 않겠노라고 다짐했었다. 강아지도 유기견으로 특별한 인연이 생겨 함께 살게 되었지만, 늘 미안한 마음을 갖고 있었다. 아무리 해 줘도 부족한 것 같았다. 내 사정으로 산책을 못 나가거나 일이 길어져 종일 혼자 있게 만들 때마다 가슴이 미어졌다. 말 그대로 생명의 무게를 실감하고 있었다. 모든 세상이 나로 이루어진 아이와 함께 산다는 것을 절대 쉬운 일이 아니다. 혹시라도 이 글을 읽고 있는 분들 중 동물의 입양을 생각하고 계신 분이 있다면 정말 깊이, 깊이, 또 깊이 생각하고 결정하길 바란다. 절대 충동적으로 동물을 입양해서는 안 된다.

결국 나는 미래를 위해 투자하는 시간을 줄여서 돈을 더 버는 직장으로 옮겼고, 집을 구해 독립했다. 여러 어려움이 있었지만, 다행히 애인의 도움으로 많이 좋아지고 있고, 단츄와 다비도 꽤 잘 지내고 있다. 임시 보호는 어느새 잊히고 우리는 가족이 되었다.

정들면 가족이다, 껄지지

_니니정

지지는 우리 집 베란다로 밥을 먹으러 오던 길고양이 껄룩이의 새끼다. 임신 중이던 껄룩이가 어느 날부터 안 보여서 걱정했는데, 여름에 새끼 네 마리를 데리고 왔다. 이름은 껄삼이, 껄소, 껄지지, 껄꼬질이라고 지었다.

껄삼이랑 껄소는 야생성이 강해서 밥 주러 나가면 도망가곤 했는데, 꼬질이와 지지는 문만 열면 집 안으로 쳐들어왔다. 그래서 두 녀석 다 데리고 있다가 입양을 보내기로 했다. 꽤 추운 겨울이었고, 따듯한 집에서 사는 게 고양이들한테도 좋을 것 같았기 때문이다. 꼬질이가 먼저 입양을 갔고, 지지는 우리 집에서 입양을 기다리고 있었다.

그런데 데리고 있다 보니 정이 들어서 아빠가 지지를 우리 집에서 키우자고 했다. 지금은 아주 듬직하고 훌륭한 고양이로 자랐다. 껄룩이는 아직도 우리 베란다로 찾아온다. 지지는 밖에 제 엄마가 오면 우리에게 쫓아와서 "우리 엄마 밥 주세요!" 하는 듯이 와옹거린다. 효자다.

듬직하고 훌륭하게 자란 지지

무늬와 달비 덕분에 행복해

_유정가인

우연히 만나 가족이 된 무늬

집에서 독립하고 직장도 새로 다닌 지 한 달이 넘은 때였다. 집으로 가던 길에 과일 가게에 들러 포도를 한 봉지 사고, 노점에서 버터 오징어도 한 봉지 샀다. 오징어를 먹으며 집에 가고 있는데, 길에 사람들이 모여 있었다.

가까이 가 보니 웬 고양이가 한 마리 있었다. 한 여성분이 말하길 고양이가 이렇게 사람을 겁내지 않는 걸 보니 사람이 키우다가 버린 게 분명하다고 했다. 내가 "쭈쭈쭈" 하니까 고양이가 손에 있는 버터 오징어를 탐냈다. 먹던 것을 딱 한쪽 주고는 더는 안 된다고 했다.

차마 발길이 떨어지지 않아 집에 못 가고 있는데. 아까 그 여성분이 고양이를 데려가려고 했다. 집에 고양이를 키우고 있어서 밥은 줄 수 있다고. 고양이를 유도해 가는데, 왠지 불안해서 나도 따라갔다. 고양이는 그분을 따라가다가 중간에서 더는 가지 않았다.

얘를 어떡하지, 하다가 급히 길 건너 동물 병원으로 가 캔을 사 왔다. 고양이는 다행히 그 자리에 있었다. 캔을 먹는데 다른 사람이 와서 쓰다듬어도 개의치 않고 먹었다. 그걸 보니 누가 버린 게 맞지 싶었다.

집에 데려가 볼까 하고 유도를 하면서 가니까 자꾸 옆길로 새면서도 곧잘 따라왔다. 큰 사거리에 이르러서는 더 따라오지 않길래 안아 올렸다. 이 녀석, 안아 올려도 발톱 하나 내밀지 않았다. 품에 안고 가는데, 팔에는 무거운 포도 봉지가 달려 있고, 품에 안긴 녀석은 울면서 나가겠다고 힘을 써서 힘들었다.

집에 도착해서 고양이를 내려놓으니, 고양이가 부리나케 침대 밑으로 숨었다. 침대 밑에 콕 박힌 녀석에게 길에서 만난 아주머니가 준 사료랑 물을 챙겨 주었다.

다음 날 출근해서 고양이 카페에 가입하고 질문 글을 올렸다. 이러이러한 사연인데 고양이가 버려진 게 맞는지, 주인을 찾을 수 있을지 물었다. 댓글 두 개가 달렸던 게 지금도 기억난다. 고양이 귀가 커팅된 것을 보니 중성화 수술이 되어 있는 고양이고, 관리하는 캣맘이 찾고 있을 테니 제자리로 돌려보내 주라고 쓰여 있었다. 길에 내보내야 하나 고민하며 하루가 끝나 가는데, 비가 내렸다. 빗속으로 고양이를 내보낼 자신이 없었다. 비가 그치면 내보내자고 마음먹고 집으로 왔다.

집에 오니 고양이는 여전히 침대 밑에 있었다. 밥은 먹여야지 싶어서 침대 밑에 들어가 끌어냈다. 어라? 고양이가 품에 안겨서 골골거렸다. 나는 그날 말로만 듣던 고양이 골골송을 처음 들었다. 한참을 그러고 있더니 품에서 내려가서 집안 곳곳을 냄새 맡고 몸을 부비기 시작했다. 그 모습을 보고 비 그치면 내보내겠다는 마음이 싹 무너졌다. 영역 표시를 하는 저 녀석을 어찌 내보낼까. 벌써 맘을 놓고 "나 여기서 지낼 거야." 하는 녀석을 말이다.

그리고 새로운 고민이 시작됐다. 갓 독립한 내가 이 녀석을 키워도 될까? 나보다 더 사랑해 주고 하루 종일 같이 지내면서 돌볼 수 있는 집으로 보내 주는 게 맞는 거 아닐까? 과연 그런 집에서 귀 커팅까지 된 길냥이 성묘를 입양할까? 내가 새 주인을 찾을 때까지 보살피다가 과연 이 녀석을 보낼 수 있을까?

나는 딱 일주일만 고민하고 맘을 정하자고 다시 다짐했다. 사흘쯤 됐을까? 나의 고민은 막을 내렸다. 녀석을 입양 보내고 나면 보고 싶어서 울 것 같았다.

미안하다. 나는 반나절 넘게 밖에 있다가 들어올 거야. 돈도 많이 못 벌어서 좋은 사료나 맛있는 간식을 많이 사 주지도 못할 거야. 그래도 나랑 살아 보자. 나, 너처럼 멋지고 잘생기고 착하고 다정한 고양이랑 같이 살고 싶어. 집에 같이 있을 때라도 잘해 줄게. 나랑 살자.

그 녀석이 지금 나랑 4년째 같이 살고 있는 무늬다. 첫날의 골골송은 꾹꾹이할 때나 들을 수 있고, 둘째 오고 나서 다정함도 현저히 줄었지만, 너무 잘생기고 멋진, 영원한 첫 고양이다. 무지개다리 건널 때까지, 무지개다리 건너서도 끝까지 함께하고 싶은 우리 무늬, 어느 길냥이를 봐도 어느 집, 어느 카페 고양이를 봐도 제일로 잘생긴 우리 무늬. 나한테 와 줘서 너무너무 고마워. 무늬도 나와 함께 지내는 지금 행복하면 좋겠다. 나는 무늬 덕분에 너무 행복하거든.

제일로 잘생긴 무늬(왼쪽)와 귀염둥이 달비

예쁜 삼색이 달비

퇴근하고 집으로 가던 길이었는데, 어디서 고양이 소리가 났다. 무늬를 키우면서부터 가방에 사료를 넣어 다니면서 길냥이가 보이면 부어 주고 했기에 소리가 들리는 쪽으로 갔다. 작고 예쁜 삼색이였다. 이 근처 길고양이들은 보통 사료를 주면 사람이 멀리 간 뒤에야 다가와서 먹는 녀석들이었기에 깜짝 놀랐다. 삼색이는 바로 와서 부비고 친근하게 굴었기 때문이다. 그래서 주인이 있는 고양이인가 싶었다.

아파트 앞이었기에 경비실에 가서 아파트 내에 고양이 잃어버린 집을 찾는 방송을 내보낼 수 없겠느냐고 물어봤다. 관리실을 연결해 줘서 물어보니까, 그 고양이는 누가 잃어버린 게 아니고 어제부터 계속 울고 있었다고 한다. 고양이는 경비실 안까지 따라 들어와 히터를 쬐고 있었는데, 내가 나오니까 쪼르르 따라 나왔다.

일단 고양이가 있던 아파트 앞길에서 사료를 부어 주었다. 사료를 먹나 싶더니 또 와서 부볐다. "왜 안 먹니? 배불러?" 하니까 어떤 남자분이 아까 밥을 줬으니 배부를 거라고 말했다. 고양이가 너무 예뻐서 발이 안 떨어졌다. 엄마한테 전화를 해서 둘째 어떠냐고 물었다. 엄마도 나한테 영향을 받아 고양이 한 마리를 키우고 있었다. 엄마는 일단 집에 데리고 가 있으라고 했다. 그래서 가방을 비우고 고양이를 넣으려는데, 고양이가 안 들어가겠다고 버텼다. 혹시나 해서 품에 안아 봤더니, 우리 무늬를 길에서 데려올 때처럼 발톱 하나 내밀지 않고 안겼다. 에라, 모르겠다, 하고 고양이를 안고 집으로 향했다. 중간에 뛰어내리기도 하고 애옹애옹 울기도 했지만, 발톱은 내밀 줄 몰랐다.

집에 왔는데, 어찌나 예쁘게 구는지 나는 사르르 녹았고, 다음 날 온 엄마도 사르르 녹았다. 엄마는 못생긴 게 어쩜 이렇게 이쁜 짓을 하냐고 감탄했다. 우리 엄마도 잘생긴 무늬 때문에 눈이 아주 높으시다, 하하.

며칠 우리 집에서 격리해 두고 병원 다니면서 설사도 잡았다. 무늬랑 안면도 트다 보니 둘째로 욕심이 생겼다.

엄마가 이제 데려오라고 해서 데려갔는데, 부모님 댁 고양이가 말도 못하게 사납게 경계했다. 그렇게 삼색이는 우리 둘째가 되었고, 달비라는 이름을 얻었다. 그 뒤로 아파트에 가서 또 물어보았지만, 고양이를 찾는 집은 없었다. 지금까지도 발정이 오지 않은 걸로 보아 이미 불임 수술이 된 아이를 유기한 것 같다. 이렇게 예쁜 고양이를 추운 겨울에 내보내 놓고 맘 편히 잘살고 있을까? 됐다, 나는 우리 귀염둥이랑 너무너무 행복하니까.

마루, 동동, 까뮈,
제각기 다른 우리 가족

_댄스문

같이 살고 싶었던 첫 고양이 마루

고양이를 키우지 않고 있을 때도 나는 내가 살던 아파트의 고양이들에게 밥을 챙겨 주고 있었다. 턱시도와 고등어 등 검은색 계열 고양이가 유난히 많았는데, 어느 날 노란 고양이가 나타났다. 노란 고양이 마루는 말을 시킬 때마다 대답을 잘했고 먹을 것을 손으로 줘도 곧잘 받아먹었다. 가끔 턱시도 대장 고양이 옆에 쭈그리고 앉아서 혼나는 듯한 모습도 보았다.

이런저런 모습을 보고, 얘는 집에서 살던 애구나, 이대로 밖에서는 살 수 없겠다, 중성화 수술을 시켜서 입양을 보내든지, 입양을 못 가면 집에서 키워야겠다고 생각했다. 머릿속에서 생각이 급진전되었고, 남편과 이야기해서 마루를 구조하기로 했다. 지금 생각하면 굳이 구조가 필요했을까 싶다. 그냥 고양이가 너무 키우고 싶었던 것이다. 당시 나는 고양이를 잘 몰랐고, 섣부른 구조는 위험하다는 것도 몰랐다.

어쨌든 마루를 잡으려고 집에서 통덫을 들고 나왔다. 길

노랑노랑 마루와 아기 동동이

고양이들 티엔아르(TNR: 길고양이의 개체수 조절을 위해 중성화 수술을 하고 본래의 영역에 다시 풀어 주는 일)를 해 주기 위한 포획용 통덫이었다. 남편과 함께 한 바퀴 돌았는데, 그날따라 마루가 보이지 않았다. 오늘 못 만나면 없던 일로 하자고 했다. 아파트 입구에 들어서려는 순간, 풀숲에서 마루가 뿅 뛰어나왔고, 통덫에 들어가서 갇힌지도 모른 채 간식을 먹었다. 그길로 집으로 데리고 들어왔다.

중성화 수술을 시키러 동물 병원에 가니, 수의사는 마루가 두세 살은 된 것 같다고 했다. 수술 후 마루는 우리 집 첫째로 살았다. 그리고 2016년 10월 24일 무지개다리를 건너갔다.

귀염학과 수석 졸업한 동동이

동동이는 태어난 지 한 달도 채 안 된 아깽이로 우리 집에 왔다.

2013년 어느 날, 미용실 아저씨가 엄마의 칼국수 가게로 오더니 엄마네 가게 창고에 새끼 고양이가 있더라고 말했다. 가서 보니 눈곱이 덕지덕지 붙어 눈이 반밖에 떠지지 않고 귀는 세모로 다 펴지지도 않은 노란 새끼 고양이가 있었다고 한다.

엄마는 어느 고양이가 새끼를 데려다 놓았을까 한참 생각해 보셨다. 엄마는 가게 앞에서 많은 길고양이들의 먹이를 챙기고 있었기 때문이다.

"노랑탱이 아니면 삼색이일 텐데……."

노랑탱이는 엄마 가게에 한 다리 걸쳐 놓고 사는 착한 수고양이였고, 삼색이는 밥 먹으러 찾아오는 아이였다. 새끼를 본 적은 없지만 새끼 밴 걸 여러 번 보았다. 이번엔 애를 키우지 못하겠다고 데려온 걸까, 아니면 착한 노랑탱이가 돌아다니다 불쌍해 보여서 데리고 왔나?

고양이들한테 물어봐야 소용없고, 의문을 품은 채 마루의 동생이 되면 좋을 것 같아 우리 집 둘째로 맞이했다. 그리고 동동이라고 이름 지었다.

시간이 얼마간 흐르고 나서 미용실 아저씨는 엄마가 잘 키우실 것 같아서 데려다 놓았다고 뒤늦게 고백했다. 어쨌든 동동이는 귀염학과를 수석 졸업하고 여전히 귀여움을 뽐내며 잘 지내고 있다.

하얗고 까만 까뮈

까뮈는 원래 이름이 깜백이였다. 까맣고 하얀 털 때문에 지어진 이름이다. 동동이를 데려다 놓은 미용실 아저씨네 가게에는 업둥이 새끼 고양이나 유기견을 데려오는 사람들이 종종 있었다. 깜백이는 어느 초등학생이 엄마가 키우지 말라고 했다며 데리고 온 고양이였다. 그때 왜 그랬는지 모르지만 우리 아빠가 키우겠다고 나섰다. 하얗고 예쁜 애라고 좋아했다.

하지만 나는 아빠를 알기에 키우지 말라고 했다. 아빠와 고양이는 정말 어울리지 않았다. 그렇지만 떨어져 사는 내가 강하게 막을 도리가 없었다.

한 달 반쯤 지났을 때, 엄마가 진지하게 말했다. 아빠가 깜백이를 너무 혼내서 아빠랑 너무 싸운다고. 아무래도 깜백이

팔자가 늘어진 까뮈(위)와 동동이

를 집에서 못 키울 것 같으니, 우리가 데려가면 좋겠다고 했다. 한숨이 나왔다. 그러게 내가 뭐라고 했냐는 말은 해서 뭐 하나 싶었다. 세 마리까지는 키울 수 있겠지 하고 깜백이를 데려오기로 했다.

깜백이를 데리고 오는 날, 아빠에게 전화가 왔다.

"스문압… 쓰읍 끄 응 잘 키 웍 끊을."

아빠는 조인성의 주먹 울음 같은 목소리로 말도 끝까지 마치지 못한 채 전화를 끊었다. 우습기도 하면서 나도 덩달아 코끝이 시큰해졌다. 깜백이는 우리 집으로 와서 까뮈가 된 지 벌써 5년이 되었다. 엊그제 집에 오신 아빠가 "깜백아아." 부르니, 까뮈는 "누구신지?" 했다, 하하하.

돌이켜 보니 모두 충동적으로 가족이 된 것 같다. 고양이에 관해 더 공부한 지금은 쉽게 가족을 늘리지 못하고 있다. 우리 집 고양이뿐만 아니라 세상 모든 고양이가 행복해야 하기 때문이다. 세상의 모든 고양이들이여, 행복하길!

우리 집에 와 줘서 고마워

일 년의 시간 동안

고양이 한 마리가 내 삶에 이렇게 깊이 들어왔구나.

네가 있는 공간이 내 일상이었구나.

주디와 눈을 마주하던 그 순간

_최은설

2017년 1월, 설을 며칠 앞둔 날이었고, 나는 대만에 있었다. 룸메이트들은 모두 집으로 돌아갔고, 나는 빈 기숙사에 남아 있었다. 친구 플로라가 그런 나를 자기 집으로 초대했다. 그때 나는 처음으로 고양이와 함께 하는 시간을 보냈다.

〈낢이 사는 이야기〉 같은 웹툰 등을 통해서 집사의 삶을 꽤 엿봐 왔기 때문에 고양이와 함께 산다는 것에 대해서 제법 알고 있다고 생각했는데, 직접 겪는 건 차원이 다른 이야기였다.

리우리우라는 플로라의 고양이는 5개월짜리 수고양이였고, 개냥이라기보다는 승냥이에 가까울 만큼 정신없이 돌아다녔다. 아침이 되면 문을 열어 달라고 울었고, 저녁에는 내 겨드랑이를 파고들며 잠을 청했다. 가끔 내 바지에 손톱을 박고 기지개를 켰고, 털을 쓰다듬어 주는 내 손을 브러시로 썼으며, 원하지 않을 때 쓰다듬으면 물기도 했다.

그래도 가장 인상 깊었던 건 주인도 아닌 내 품에 제 작은 몸을 누이고 잠을 청할 때였다. 잠을 자다 따뜻한 온기를 느끼고 그게 뭔지 알았을 때의 뭉클함을 기억한다. 평범한 말들에

상처받고 나를 소중하게 생각한다던 사람들의 말이 더는 따스하게 느껴지지 않던 순간, 그 아이가 나에게 준 그 온기는 나를 살아서 한국으로 돌아오게 만들었다.

생명을 책임진다는 것에 대한 부담과 '내 외로움 때문에 고양이를 외롭게 만드는 건 아닌지' 하는 자기 검열 때문에 미루어 왔던 고양이 입양에 대한 생각이 그 고양이를 만나고 나서 확실하게 굳어졌다. 인터넷에 쇄도하는 "외로움 때문에 고양이를 입양하지 말라."는 충고들을 무심히 읽어 내리면서 '그러면 당신들은 왜 입양했는데, 얼마나 숭고한 이유로?' 하는 생각을 하기도 했지만, 이제는 분명히 알 것 같다. '내가 외로워서'가 아니라 '고양이가 좋아서' 고양이와 함께 살고 싶었기 때문이다.

그해 유월, 한국으로 돌아와서 고양이의 세계에 마음을 쓰게 되면서 나는 어린 고양이보다는 성묘를 입양해야겠다고 마음을 굳혔다. 어떠한 이유로든 가족과 헤어진 고양이에게 더 좋은 친구가 되어 주고 싶었다. 그렇게 주디를 만났다. 쏟아지는 입양 공고 속에서 녹색으로 빛나는 주디의 눈을 마주하던 순간의 그 느낌을, 나는 감히 묘연이라고 부르고 싶다.

고양이가 집에 오던 날, 하루 종일 이름을 고민하다가 내가 제일 좋아하는 동화 〈키다리 아저씨〉의 주인공 주디의 이름을 땄다. "빨간 리본으로 묶어 두고 싶을 만한 편지를 쓰겠다."는 주디 애벗의 밝고 맑은 기운이 그대로 옮아가기를 바랐다. "행복하게 오래오래 살았습니다." 하는 동화 속 주인공처럼 주디가 오래오래 내 곁에서 행복할 수 있기를 기도했다.

그렇게 고집불통 인간 네 마리가 사는 집에 고집불통 냥아치가 들어왔다. 주디는 내가 해 주는 대부분의 것들을 싫어했

주디의 오묘한 눈동자 속에 내 모습이 어리는 순간을 사랑한다.

다. 빗질도 싫어하고, 양치도 싫어하고, 발톱 깎는 것도 싫어했다. 심지어 보통 고양이들은 등이나 미간을 쓸어 주면 골골송을 부른다는데, 우리 집 '마님'은 조금 참아 주다가 이내 양손으로 내 손을 야무지게 잡아서 깨물어 버리곤 했다.

그래도 주디는 주디의 방식으로 나를 사랑한다. 주디는 내가 책상에서 뭘 하고 있으면 책상 앞 옷장에서 자고, 내가 침대에 누워 있으면 침대에 올라와서 잔다. 그래서 언제나 나에게는 톰톰한 고양이 냄새가 나는데, 나는 이게 찡해질 만큼 좋다. 네 냄새가 나에게 옮고 있어.

내가 침대 위에서 거대한 고래 인형에 기대앉아 책을 읽거나 영화를 볼 때면 주디는 나에게서 한 뼘 남짓 떨어진 곳에 누워 털을 고르다가 나를 반히 바라보곤 한다. 주디의 시선이 느껴지면 나도 하던 것에서 눈을 떼고 주디를 바라본다. 고양이의 눈은 우주를 담고 있다는 말을 좋아한다. 그 오묘한 눈동자 속에 내 모습이 어리는 순간을 사랑한다.

주디와의 이별을 생각하면 금세 눈물이 차오른다. 너의 상실을 온몸으로 견뎌 내야겠지. 그래도 너와의 짧은 순간들에 기대어 엄마는 평생을 살아갈게. 엄마한테 와 줘서 고마워. 사랑해.

솜방망이 날리던 길고양이 밤송이

_국예슬

아직 옷을 두툼히 입던 초봄이었다. 동생과 함께 몸을 녹이려고 단골 찻집에 갔다. 여느 때처럼 이런저런 얘기를 나누다가 찻집 사장님네 담벼락 뒤쪽에 길고양이가 새끼를 낳았다는 소식을 들었다. 고양이를 보러 가겠느냐는 사장님의 물음에, 나는 냉큼 그러겠다고 했다. 어미가 먹이를 구하러 나간 사이 슬쩍 보기만 할 생각이었다.

가게 뒤쪽 담장 너머 보송보송한 아기 고양이들. 그중 하나가 바로 밤송이였을 것이다. 혹여 놀랄까, 어미가 당황하지 않을까 숨죽여 지켜보았다. 그리고 얼마 뒤 주민의 신고로 아기 고양이들이 전부 사라졌다. 구석에 숨어서 사람이 찾아내지 못한 딱 한 마리의 새끼 고양이와 어미 고양이는 함께 자취를 감추었다.

밤송이를 다시 만난 것은 한참 뒤였다. 밤송이와 엄마 하악이, 이모(추정) 미미는 그 골목에 다시 나타나 자리를 잡았고, 미미는 한복집으로 입양을 가 동네를 떠났다. 밤송이와 하악이는 찻집과 길을 오가며 초겨울을 보냈다.

찹쌀떡 고운 밤송이

나는 찻집 손님으로 있으면서 밤송이에게 자주 맞았는데, 날선 표정으로 노려보다가 솜방망이로 후려치는 게 너무 하찮고 귀여우면서 한편으로는 짠했다. 입양 홍보글을 봤을 때도 조금 걱정을 했다. 성격이 좀 나쁜 것 같은데 누가 데려가려나. 길에서 살던 애가 집고양이로 잘 지내려나. 이런저런 염려스러운 마음은 이내 누가 진짜로 먼저 데려가겠다고 하면 어쩌지 싶은 조급함으로 바뀌었고, '순하다'는 이웃들의 선의의 거짓말에 속아 넘어가기로 하였으며, 그렇게 밤송이를 입양하게 되었다. 사실 이름이 밤송이인데 속는 것이 이상한 것이다. 이름은 길고양이 시절과 같은 밤송이로, 사실 그만한 이름이 또 없었다.

이제 밤송이는 길 생활을 청산한 지 2년이 넘었고, 하악이는 찻집 사장님네로 입양됐다. 다들 이름값 못 하는 천생 집고양이로 살고 있다.

한때 하악질 좀 하던 밤송이네 가족

보호소에서 데려온 이나비

_첸

우리 나비는 2018년 2월 8일에 우리 집에 왔다.

그 전에 우리 집에는 고양이가 두 마리 있었는데 사고와 가출로 모두 떠나보냈다. 그리고 2017년 연말 즈음 다시 고양이와 지내고 싶다는 생각이 들어 동물 보호 관리 시스템을 드나들며 유기 동물 공고를 살펴보았다. 그중 마음에 드는 아이가 있어서 남편이 입양하러 해당 보호소에 갔다. 나는 일을 하느라 동행할 수 없었다.

보호소에 도착한 남편으로부터 당혹스러운 연락이 왔다. 한겨울이었던 당시 그 보호소에는 고양이들이 지내는 곳에 난방 시설도 전혀 없었고, 아픈 아이들이 격리되어 있지도 않았다. 그래서 대부분의 고양이들에게 허피스가 퍼져서 콧물과 눈곱이 심각한 상태였다고 한다.

아픈 고양이를 돌본다는 게 쉽지 않다는 것을 알고 있기에 고민을 했다. 그래도 그런 곳에서 죽어 갈 아이들이 안타까워서 그나마 상태가 가장 나아 보이는 두 살 추정 고등어 태비 수고양이를 데려왔다. 그 아이가 동구다.

별이 된 동구

우리 집 둘째 딸 이나비

데려오자마자 동물 병원으로 데려가 주사를 맞히고 약을 받아와서 정성껏 간호했지만, 별 차도가 없었다. 그리고 채 한 달도 되지 않은 어느 날 저녁, 동구는 별이 되었다.

밤늦게까지 일하기 때문에 전화로 소식을 전해 들은 나도 가슴이 미어졌는데, 싸늘해진 동구를 직접 보았던 아이들과 남편의 슬픔과 상처는 이루 말로 할 수 없었다.

동구를 잘 보내 주고 마음을 추슬러 가던 중 유난히 고양이와 잘 지내던 딸이 문득 고양이가 보고 싶다고 했다. 당시 주위에서 개를 길러 보지 않겠느냐는 권유를 받던 터라 강아지는 어떠냐며 달래 보았지만, 딸은 동구에 대한 기억 때문인지 고양이여야 한다고 고집을 부렸다.

결국 다시 공고를 찾아보게 되었다. 동구를 데려온 보호소의 상태가 너무 열악했기에 다른 지역까지 검색해 가면서 방문 전에 고양이들의 상태를 꼼꼼하게 확인했고, 결국 차로 두 시간 넘게 걸리는 곳까지 가서야 나비를 만날 수 있었다.

당시 나비도 허피스를 앓았지만 보호소가 병원이었던 덕에 치료를 받아서 거의 다 나은 상태였다. 나비는 첫 만남부터 사람을 좋아했다. 아이들과도 잘 어울릴 것 같아서 그 자리에서 입양을 결정하고 가족이 되었다.

나비를 데려오기까지 오래 기다린 딸에게 이름을 지으라고 했더니 한참을 고민하다가 나비라고 지었다. 그래서 나비는 언니 성을 따라서 이나비가 되었다.

이제 가족이 된 지 2년이 다 되어 가는 나비는 푸석했던 털에 윤기가 돌고 살도 찌고, 사고뭉치 어린 동생도 맞아 잘 지내고 있다.

내일 하루도 콩알만큼 더 행복하자

_낼할콩맘

내일도 행복해!

너무 피곤해서 걸어가면서도 잠을 자는 지경인 날이 있었다. 지하철을 기다리며 눈을 감았고, 꿈처럼 지나가는 아기 고양이의 모습이 있었다.

"아… 그 고양이 너무 귀여운데 입양 갔나? 아, 진짜 귀여운데. 꼭 입양 가야 할 텐데. 나라도 입양하고 싶다."

눈을 뜨고는 '누구네 고양이더라?' 하고 트위터를 켜다가 생각났다. 그 모습은 바로 내일이의 구조 당시 사진이었다. 이미 입양해서 1년 가까이 같이 살고 있는 내 고양이 내일이. 내가 만약에 기억을 잃어도 내일이를 보고 한눈에 반하고 또 입양하겠구나, 내 운명의 고양이구나, 생각했다.

고양이를 싫어한 건 아니지만 막연한 편견이 내게도 있었다. 그러나 지인의 고양이를 잠시 데리고 있으면서 그 편견은 완전히 깨졌다. 아무렇지도 않게 품에 들어와 잠을 자고, 침대 한가운데를 차지하고, 새벽에 화장실에 가면 눈도 제대로 못 뜬

늘 감동을 주는 내일이

채 문 앞에서 기다리고 있고, 잘 울지 않던 의젓한 노란 암컷 성묘, 코코. 한 달 동안 머물던 아이가 다시 집으로 돌아간 후 헛헛한 마음을 달랠 수가 없었다.

그리고 트위터에서 노란 암컷의 입양 홍보글을 보게 되었다. 코코와 비슷한 줄무늬를 가진 아이가 바로 내일이였다. 보는 순간 반해 버려서 손을 덜덜 떨면서 홀린 듯이 임시 보호자한테 메시지를 보냈다. 게시된 지 두 시간, 불과 200리트윗밖에 되지 않은 상황이었지만, 빨리 연락하지 않으면 누가 그 아이를 데려갈 것 같아서 조바심이 났다.

내일이는 700그램밖에 되지 않는 작은 몸으로 보호소에 들어갔다. 4층에서 지하로 떨어져 앞다리가 부러지고 폐렴에 걸린 아기 고양이를 '용인시 캣맘 캣대디 협의회'에서 구조하여 폐렴을 치료하고 다리 수술도 했지만 결국 다리는 장애를 얻었다. 용인 캣맘이 아니었다면 내일이는 아마 안락사 대상 1순위였을 것이다. 장애 때문인지 입양 가지 못하고 임시 보호처에서 지내던 내일이는 정확한 타이밍에 내 눈에 들어와 내 운명의 고양이가 되었다.

난 원래 다 큰 고양이를 원했는데, 내일이는 5개월령이었다. 임시 보호자의 착오로 입양 홍보글에 7개월이라고 적혀 있었던 것이다. 고양이에 대해 잘 몰랐던 나는 7개월이면 곧 성묘가 되는 줄 알았고, 5개월인 걸 알았을 땐 이미 내 맘속에 저장된 후였다.

내 눈에 내일이는 너무 특별한 아이이다. 골절되어서 항상 한쪽을 들고 있는 앞다리는 사슴 같고, 둥굴게 말려 있는 꼬리는 일본에서 말하는 행운의 상징 돼지 꼬리 같고, 조금 몰린 눈은 만화 속 캐릭터 같다. 내일이는 온순하고 착하다. 서열은 1위지만 다른 아이들에게 뭐든 양보하고, 이를 닦여도, 약을 먹여도, 발톱을 깎아도 순순히 당해 준다.

내일이는 날씨가 춥거나 궂으면 몸살이 난 것처럼 잠만 자곤 한다. 다리를 절며 다니는 것이 늘 몸에 무리를 주기 때문이다. 그래서 더 마음이 쓰이고, 아픈 손가락이다. 그러나 내일이가 준 사랑은 나를 늘 감동하게 한다. 꾹꾹이를 할 줄 몰랐던 내일이가 처음으로 꾹꾹이를 하던 날의 감동은 잊을 수가 없다. 내일도 행복하자, 내 운명의 고양이!

하루하루 행복해!

'하루'는 잠시 맡았던 지인의 고양이 코코가 낳은 새끼였다. 키우던 할머니가 돌아가시고 폐가에서 혼자 새끼를 낳아 세 마리를 별로 보낸 뒤 마지막 한 마리와 살고 있던 코코를 강아지와 산책하던 사람이 구조하여 입양 홍보글을 올렸다. 지인은 원래 아기 고양이인 하루를 입양하러 갔다가 입양 문의가 전혀 없는 엄마 코코를 입양했다.

하루는 귀여운 외모로 금방 입양을 갔지만 합사 스트레스와 모래 문제로 오줌 문제를 일으켰다. 입양 간 지 겨우 몇 달 만에 파양된 하루는 다시 구조자의 집으로 돌아왔다.

당시 내일이가 입양 온 지 몇 주 되었는데, 내일이는 아침에 내가 출근을 하면 문밖까지 들릴 정도로 울었다. 집에 혼자 둔 내일이 걱정에 나도 아침마다 눈물 바람을 하다가 친구를 만들어 주면 어떨까 생각하던 참이었다. 마침 하루랑 내일이는 같은 6개월령 여아였기 때문에 쉽게 합사가 가능할 것 같았다.

그렇게 하루는 우리 집에 오게 되었다. 오줌 테러를 하는 하루를 위해 두부 모래를 벤토나이트 모래로 바꿨다. 예상대로 하루와 내일이의 합사는 순조로웠다. 사흘 만에 같은 공간을 쓰고 일주일 만에 그루밍을 해 주는 사이가 되었다.

하루는 사회화가 덜 되어 있던 내일이를 엄마처럼 돌봐주었다. 야옹을 할 줄도 모르고 그루밍도 할 줄 모르던 내일이는 하루가 온 뒤 야옹 소리를 내고 그루밍을 시작했다. 무엇보다 내일이가, 내가 출근하고 나서도 울지 않았다. 둘이 함께 우다다를

내일이와 친자매처럼 의지하는 하루

하며 놀았고, 친자매처럼 의지해서 뭐든 함께 한다.

하루는 아주 섬세하고 의존적인 고양이다. 첫날부터 고롱거리며 안겼고, 항상 사람 곁에서 자고, 사람과 살을 맞대고 있어야 했다. 지금도 가끔 스트레스를 받거나 사람이 관심을 주지 않으면 오줌 테러를 한다. 그렇지만 하루는 항상 문 앞에서 기다리며 마중 나오고, 화장실 앞을 지키는 다정한 아이다. 하루의 유난히 말랑한 뱃살을 만지면 모든 피로가 사라진다.

하루의 이름은 내일이와 맞추어서 지었다. 또 오묘한 색을 가진 털색이 아침과 밤의 구름처럼 하루의 색을 다 가지고 있는 것 같다. 파양 당하고 힘들었던 시간을 모두 잊고 하루하루 행복하게 살자, 예쁜 하루야.

용감하고 씩씩한 콩알이

콩알이를 본 건 어느 고양이 카페에서였다. 길에 쓰러져 있던 아기 고양이. 형제 고양이는 죽어 있었다고 한다. 구조자가 고양이를 키울 수 없어서 임시 보호처를 찾고 있었다.

겨우 정신을 차린 아기 고양이가 임시 보호처를 구하지 못하면 방사된다는 말에 끌린 듯이 연락을 했다. 비가 많이 오는데 사무실 상자 안에 혼자 남아 있다고 해서 급히 가 보니 손바닥만 한 고양이가 박스 안에서 "끼양끼양" 울었다. 너무 작아서 담요로 싸고 천가방에 담았다.

그렇게 작은데도 고양이라고 하악질을 했다. "아유, 콩알만 하네." 했던 게 그냥 콩알이가 되었다. 임시 보호하던 고양이를 입양 보내면서 많이 속상했던 경험 때문에 정도 주지 않고 이름도 짓지 않겠다고 마음먹었다.

콩알이는 눈이 붙었다가 떼어지면서 흉터가 생겼고, 허피스, 결막염, 진드기, 기생충, 곰팡이성 피부병 등을 달고 있었다. 수염은 앞쪽이 다 끊어져 있고, 피부병 때문에 군데군데 털이 빠져서 꼴이 말이 아니었다.

첫날 하악질하고 울던 아이는 다음 날이 되자 손을 타고 고로롱거리며 침대보에 매달려 침대 위로 올라왔다. 격리를 해야 하는데 사람이 없으면 계속 울고 코가 빨개지도록 문을 들이받았다. 결국 사람도 내일이와 하루도 피부병이 옮아서 고생했다.

제대로 먹지 못한 콩알이는 계속 설사를 했다. 하구하구

소리를 내며 배가 터지도록 먹고, 모래 속에서 설사 똥을 묻히고 나왔다. 한 손에 잡고 목욕을 시키고 날마다 유산균을 먹였다. 과식하지 않도록 지인에게 자동 급식기를 빌려서 따로 베이비 사료를 먹였다. 한 달이 지나자 설사가 멈췄다. 피부병이 다 나아가고 꼬질꼬질한 얼굴도 나아 가서 입양글을 올렸지만 당시 아깽이 대란에 콩알이는 주목받지 못했다.

콩알이는 성격이 무던했다. 누나들 따라서 주식 캔도 고단백 사료도 일찍 먹기 시작했고, 뭐든 누나들이 하는 걸 보고 금방 따라했다. 누나들과 함께 놀겠다고 덤볐다가 힘 조절을 못하고 물기도 해서 하악질을 당하기도 했다. 그래도 내일이와 하루는 콩알이 수준에 맞게 우다다도 해 주고 레슬링도 해 주었다. 손바닥만 했던 400그램짜리 아기가 자라서 중성화 수술을 할 때가 되었지만 입양 문의는 없었고, 콩알이는 가족이 되었다. 사람들이 모두 그럴 줄 알았다고 했다.

입양글을 내리던 즈음에 콩알이 목에 덩어리가 잡히기 시작했다. 동물 병원에 갔는데, 종양은 아닌 것 같다며 지켜보자고 해서 돌아왔다. 그런데 일주일 뒤 혹이 부어오르더니 피고름이 터져 나왔다. 급하게 병원으로 달려가 털을 밀어 보니 구멍이 나 있었다. 혹을 전문으로 보는 동물 병원에 가서 문의하니 길에 살 때 아무거나 주워 먹다가 목에 걸려 염증이 생겼고, 그게 터진 것 같다는 소견이었다. 다행히 염증이 다 빠져 나가고 재발할 가능성이 없다는 말에 안심했다. 다행히 빠른 속도로 살이 차고 회복했다. 그렇게 콩알이의 길냥이 시절 모든 역사는 사라졌다.

콩알이는 애기 때부터 발이 유난히 컸다. 그리고 점점 꼬리가 길어졌다. 큰 발과 긴 꼬리로 우리 집에 살고 싶어서 찾아왔나 보다. 이제 새벽에 화장실 앞을 지키는 건 콩알이다. 내가 씻느라 문이 닫히면 끼양끼양 울며 걱정해 주는 것도 콩알이다. 예기치 못하게 함께 살게 되었지만, 자기 운명을 개척한 용감하고 씩씩한 고양이 콩알아, 우리 앞으로도 행복하자.

왕발 콩알 선생

운명이 점지해 준다는 나의 숙희

_만득

3개월 추정, 암컷, 건강함
취미는 꾹꾹이, 특기는 골골송과 발라당
화장실 잘 가림, 기본 검사 완료, 접종 예정
사람과 고양이 모두 좋아함

나의 숙희는 추운 겨울 어느 날 허허벌판 8차선 대로변의 광역 버스 정류장에서 발견되었다고 한다.

평생을 책임져야 한다는 무게감, 잘 키울 수 있을까 하는 염려, 특히나 심한 강아지, 고양이 털 알레르기는 고양이를 키울 수 없는 결정적인 이유로 충분했다. 여태껏 구조된 고양이들의 가족 찾는다는 글을 수없이 봐 왔는데, 이 천방지축 검은 고양이는 대체 무엇이었을까? 무엇에 홀린 듯 글쓴이에게 메시지를 보내고, 주말에 고양이를 보러 가기로 했다. 고양이를 만나서 조금이라도 알레르기 기운이 돌면 입양을 포기해야겠다고 생각하면서.

그런데 우리는 운명이었을까. 고양이와 한 공간에 있기

만 해도 코가 간질간질, 눈이 따끔따끔했는데 그날은 씩씩하게 뛰어다니는 턱시도 고양이와 임시 보호자의 반려묘까지 두 마리의 고양이가 있는 곳에서 놀랍도록 알레르기가 잠잠했다.

나의 우주. 내가 생각했던 고양이의 이름이다. 좋아하는 뮤지션의 노래 제목에서 따온 이름, 우주.

하지만 턱시도 고양이의 이름은 숙희가 되었다. 집에 돌아오는 길에 동생과 이야기를 하다가 숙희가 딱 어울린다 싶었다. 영화 〈아가씨〉의 숙희처럼 투박하지만 사랑스럽고 수줍지만 용감한 그런 매력 넘치는 아이로 성장하기를 바랐다.

숙희와 함께 살면서부터 나는 항상 우리 집 계단을 오를 때마다 뒤꿈치를 들고 살금살금 올라온다. 아니면 내 발소리를 듣고 숙희가 현관까지 마중을 나오니까. 현관문에서는 열쇠 소리가 짤랑이지 않도록 조심조심 열쇠를 꽂고 동시에 재빨리 문을 연다. 철커덕하는 소리를 듣고 그제야 방에서 호다닥 뛰어나오는 숙희가 현관에 내려오지 않도록 저지하며 거실에 들어서면 온 집 안을 채우는 숙희의 잔소리. 야옹야옹우에옹오웨옹웨오우웅우어억.

숙희가 없던 날, 방광 결석의 치료 방법을 찾기 위해 입원해 있던 날, 집에 와서 현관문을 열었는데 집이 너무 고요해서 낯설었다. 자려고 누웠다. 옆에서 자겠다고 작은 머리로 품을 파고드는 숙희, 복슬복슬한 궁둥이로 얼굴을 슬쩍 미는 숙희, 내 배 위에서 식빵을 구우며 골골송을 부르는 숙희. 일 년의 시간 동안 고양이 한 마리가 내 삶에 이렇게 깊이 들어왔구나. 네가 있는 공간이 내 일상이었구나.

다정한 숙희

딱 봐도 멍구

_이용덕

2014년쯤 멍구라는 이름의 고양이를 찾고 있었다. 첫 반려동물의 이름을 무조건 멍구로 하겠다는, 학생 때부터 이어진 다짐이 있었기 때문이다. 그때는 고양이보다 개를 좋아해서 지은 이름이지만, 고양이가 멍구라는 이름을 가지게 되더라도 좋을 것 같았다.

그래서 유기 동물 입양 카페와 유기 동물 보호소를 전전하며 함께 지낼 멍구를 찾고 있었는데, 정말 딱 봐도 멍구인 고양이를 만나게 되었다. 유기 동물을 보호하는 한 동물 병원에서였다.

간호 테크니션을 매우 싫어하던 4개월 정도의 치즈 고양이였는데, 건강은 좋아 보였다. 고양이는 케이지 틈새로 손을 쭉 뻗어 장난감을 대하듯 내 손등을 할퀴었고, 놀랍게도 내 손등의 할퀸 자국이 하트 모양으로 부풀었다!

마음속으로는 이미 나의 멍구가 된 이 고양이가 어쩌다가 이 병원에 오게 되었느냐고 물어보았더니. 어느 틈새에 끼여 하루 종일 울다가 소방관에게 구출되어 이 병원에 왔다고 했다.

고양이지만 멍구

그리고 멍구의 건강 상태를 체크하고 입양 서약서를 쓴 뒤 병원을 나왔다. 이사를 해야 해서 멍구를 3일 뒤에 데려오기로 했다.

집에서 이삿짐을 싸면서 자꾸 멍구 생각이 났다. 설레는 마음 반, 멍구가 나를 싫어하면 어쩌나 하고 걱정되는 마음이 반이었다. 이사를 마치고 멍구를 데려왔다. 다행히 멍구는 새집에 천천히 적응하고 나에게 마음을 열어 주었다. 그리고 지금까지 5년 정도 함께 잘 지내고 있고, 아기 때의 노란 털, 초록 눈은 바게트 색깔 털에 황금빛 눈이 되었다.

멍구야! 우리 처음 만났을 때를 이렇게 적으니까 참 좋다. 너와 함께 지낼 수 있어서 행복해! 앞으로도 누나랑 같이 낮잠 많이 자고, 놀자! 네가 좋아하는 빗질도 오천만 번 더 해 줄 테야. 멍구야, 사랑해!

콩피, 콩 껍질 아니고 오렌지콩피위드머랭케이크

_캡

인생의 목표를 이야기할 때 누군가는 취업, 결혼, 출산과 육아 등을 이야기하겠지만, 내 경우 언젠가부터 인생 목표 중 하나가 고양이 키우기였다.

생활이 어느 정도 안정된 시점에 나는 그 목표를 이루기 위해 유기묘 입양글이 올라오는 여러 카페와 사이트를 날마다 들락거리며 내 운명의 고양이를 찾아 나섰다. 동물을 키워 본 적이 없으니 손이 덜 가는 성묘, 이왕이면 멋들어진 턱시도나 회색 털을 가진 무채색 고양이가 좋겠다고 생각했다.

그런데 어느 날 유기묘 카페에 올라온 치즈 고양이의 사진을 보는 순간, 나는 이것이 운명이다 싶은 끌림을 느꼈다. 좀 억울해 보이는 인상을 주는 눈매, 임시 보호자의 손에 뺨을 기댄 채 곤란하다는 듯 한쪽 눈을 살짝 찌그러뜨린 표정에 심장이 뛰었다. 임시 보호자의 블로그에 들어가 보니 그 녀석의 사진이 몇 개 더 올라와 있었다.

모든 사진을 수십 번 보고 다소 복잡한 입양 신청서를 꼼꼼하게 작성해서 보낸 뒤 설레는 마음으로 답변을 기다렸다.

간단한 전화 면접을 거쳐 입양이 결정되고 나는 이제 내 식구가 될 그 고양이의 사진을 모두 다운받아 컴퓨터와 휴대폰에 각각 저장했다.

잘 구워진 식빵 껍질 같은 갈색부터 오렌지색, 밀크티색, 흰색이 일렁일렁 회오리치고 있는 먹음직스런 모색을 보고 또 보며 이름은 먹는 걸로 지어야겠다고 생각했다. 간식 레시피를 검색하던 중에 본 '오렌지 콩피'(오렌지 껍질을 설탕에 졸여 말린 것)의 색이 딱이라는 생각이 들어 이름을 오렌지콩피로 결정하고는 사진과 함께 내가 지은 이름을 동네방네 자랑했다.

그랬더니 사진을 본 지인이 머랭을 토치로 그을린 크림케이크 위에 오렌지 콩피를 꽂은 사진을 하나 보내주었는데, 그 케이크의 그을린 머랭 색까지도 고양이에게 딱인 것이 아닌가! 그래서 풀네임은 '오렌지콩피위드머랭케이크'로 한결 길어졌다. 누군가에게 고양이를 소개하거나 동물 병원에 등록할 때는 그냥 '콩피'라고만 부르는데, 다들 콩 껍질이냐고 묻는 것만이 이 이름에 대한 나의 유일한 아쉬움이다.

고양이를 입양하던 날, 영문도 모르고 이동장에 갇혀 차에 실린 고양이는 목청껏 울부짖으며 우리 집에 왔다. 소심한 성격이라 한동안은 숨어 있을 거라던 임시 보호자의 걱정이 무색하게도 데려온 첫날 화장실 변기 뒤의 은신처에서 슬며시 나와 눈치를 보며 집 안을 둘러보고는 나에게 다가와 조심스레 내민 손에 머리를 부비던 고양이의 모습이 너무 귀엽고 짠했다.

여전히 작은 소리만 들려도 화들짝 놀랄 정도로 소심한 고양이를 보며, 그때의 내 고양이는 낯선 곳에 떨어진 무서움보다도 사람에게 기대고 싶은 마음이 훨씬 컸던 거라는 사실을 나

몹시 확대된 오렌지콩피위드머랭케이크

중에 깨달았다.

빼빼 말랐던 몸집은 거의 두 배로 불어나 둥실둥실 후덕한 거묘가 되었다. 원체 골격이 큰데 살집까지 붙으니 호랑이니 표범이니 하는 소리도 심심찮게 듣는다. 그런데도 억울한 눈매가 변함이 없고, 어디 내놔도 안정적으로 얻어맞는 역할이겠구나 싶을 만큼 소심한 성격도 그대로다. 하는 수 없이 내가 이 녀석 하나만 평생 끼고 살아야 할 것 같다.

사실 고양이 키우는 것을 후회한 적은 많다. 하지만 고양이를 통해 내 인생은 많이 행복해졌고, 내 고양이는 내 인생의 첫 번째 고려 사항이 되었다. 내가 건강 외에 고양이에게 딱 한 가지 바라는 게 있다면, 내가 고양이와 함께 살아서 얻은 기쁨만큼 고양이가 나와 함께하는 삶을 편안하고 행복하다고 느꼈으면 하는 것이다. 그거면 다 이루었다고 자랑할 수 있을 것 같다.

낭랑한 하루의 집사 일기

_별헤

내 첫째 고양이는 나에게 올 당시 나이가 두 살 언저리였다. 중성화 수술은 되어 있었지만, 자기들도 센터에서 데려온 애들이라 접종 여부는 알 수 없다고 했다.

'자기들'이라 함은 내 오랜 지인들이다. 오래되었다고는 하지만 차라리 모르는 사이만도 못한 얄팍한 인연이었다. 아이를 센터(유기 동물 보호 센터인지, 동물 병원인지, 어디서 분양받았는지는 알 수 없다)에서 데려왔지만, 올려 둔 물건을 떨어뜨리고 높은 곳이고 낮은 곳이고 여기저기를 들쑤시고 다닌다는 이유로 정말 많이 때렸다고 한다.

"얘는 나한테 하도 많이 맞아서 나 싫어할걸? 서로 정든 것도 없어."

본인 입으로 아이를 많이 때렸다니, 몇 달을 함께 살았으면서 정든 게 없다니, 그러고는 도로 센터에 돌려보낸다고 했다. 입 밖으로 나오는 말 한마디 한마디가 가관이었다. 어디인지는 몰라도 센터에서 데려왔다고 했으니, 그 전에는 누군가의 품에 있다 이러저러한 사연으로 센터 생활을 전전했을 아이였다. 그러다 분양되어 겨우 가족을 만났는데, 다시 혼자라니.

당시 자랑처럼 톡방을 채우던 사진 속의 흰 고양이는 축 처진 눈매를 하고 있었다. 이제 겨우 두 살배기였던 녀석이 너무나도 안쓰러웠다. 그래서 4년 전의 나는 "그럴 거면 그 고양이 나한테 데려와. 내가 데리고 살게." 하고 말했다. 그게 내가 고양이와 함께 살게 된 사연이라면 사연이다.

반려 동물을 키워 본 적은 없었다. 멀리 살던 친구 집에 가끔 가서 하루 이틀 돌봐 준 것이 다였다. 그저 고양이를 좋아했고, 내가 가진 '책임감'이라는 감정을 믿은 충동적인 결정이었다.

저 고양이를 최고로 행복하게, 기쁘게 해 주겠다는 결심보다는 적어도 더는 고통받게 하고 싶지 않았다. 적어도 누군가에게 버림받는 경험을 더는 겪게 두고 싶지 않았다. 내가 낭랑이에게 가졌던 최초의 감정은 동정과 부담과 설렘이 뒤섞인 혼란스러움이었다.

함께 살기로 결정한 지 일주일 만에 그들이 우리 집에 고양이와 캣타워, 밥그릇, 사료, 모래, 화장실 등의 용품을 내려놓고 갔다. 자신이 처한 상황을 알기라도 했던 걸까. 경기도 어

딘가에서 전북 전주까지 꼬박 세 시간 차를 타고 내려오면서 울음소리 한 번 내지 않고 조용히 왔다고 한다.

함께 지낸 지 한 달이 다 되어서야 내가 지어 준 이름 '낭랑이' 소리에 귀를 쫑긋거리고, 이름을 부르면 어슬렁거리며 걸어와 주었다. 자기가 아끼던 담요 위에서만 자던 녀석이 어느 날부턴가 내 옆구리를 파고들어 한참을 그르렁거리다 손바닥을 베고 잠들었다.

어항을 깨 구피들을 먹고, 전신 거울을 깨서 며칠을 거울 없이 살게 하기도 하는 등 이 구역의 깡패처럼 뛰어놀기도 했다. 어느 날은 국 냄비를 엎어서 주방 바닥이 식어 버린 어묵과 냄비 뚜껑의 유리 파편으로 뒤덮인 날도 있었고, 주방 서랍을 열어 안에 있는 빨대를 꺼내려다 식칼에 발바닥을 베여 빨간 핏자국을 바닥 여기저기에 찍어 놔서 급히 동물 병원으로 달려가게 한 날도 있었다.

처음에는 쳐다만 봐도 눈치를 보고, 단 한 번도 소리 내어 울지를 않던 예전의 그 고양이는 이내 똥꼬발랄해졌다.

퇴근하고 돌아온 나를 문 앞에서 반기고, 어디를 가든 졸졸 따라다녔다. 내가 씻을 때는 항상 화장실 변기 뚜껑 위에서 뜨끈한 수증기로 찜질을 즐기다 끔뻑 잠이 드는, 친절하고 귀여운 고양이다.

동정심과 부담감은 잊힌 지 오래고, 서로 팔베개를 해 주며 잠들고, 특별한 일 없이 하루하루를 그저 함께 살았다. 그렇게 그 고양이는 내 옆에서 여섯 살이 되었다. 내 인생 가장 특별한 손님은 내 첫 고양이 낭랑이가 아닐까 생각한다.

너무나도 작고 약하던 아기 고양이 루이

_룽딴지

2003년 3월 2일은 일요일이었다. 느지막이 일어나 자취방 방바닥을 굴러다니고 있었다.

같이 뒹굴던 동생이 일어나 외출 준비를 하더니 "고양이 데리고 올게." 하며 집을 나섰다. 그 순간의 기분을 솔직히 말하면 아무 감흥이 없었다.

어릴 때는 고양이에게 편견이 좀 있었지만, 당시에는 친구들이 하나둘씩 고양이를 키우고 있어서 가까이서 직접 만나 보니 생각보다 이쁜 짐승이라는 걸 막 알았던 상태였다. 세상에, 고양이 이쁜 것도 모르고 살던 시절이 있었다니! 그래도 너무 얼떨떨하고 실감도 안 나고 준비도 전혀 안 돼 있던 상태였다.

동생은 생각보다 빨리 돌아왔다. 웬 하늘색 이동장을 메고 들어왔는데, 고양이는 이동장 안에 없었다! 동생이 뭘 모르고 산 이동장은 강아지용으로, 머리를 내놓을 수 있도록 주먹만 한 구멍이 뚫린 물건이었다. 동생이 고양이를 슥 꺼낸 곳은 후드티의 주머니였다. 지하철 타고 집으로 오는데 이동장 구멍으로 자꾸 빠져나와서 삐약삐약 울며 품으로 파고들었다고 했다.

미남 루이 윌리엄스 세바스찬 주니어 선생

그런데 세상에! 충격적이었다. 고양이가 겨우 주먹만 했다. 게다가 배를 문지르면 창자 윤곽이 그대로 느껴지고, 갈비뼈가 도돌도돌 만져지고, 배내털은 하나도 안 빠져서 밤송이처럼 부숭부숭한데, 겁나 잘생겼다.

두 번째 충격. 오는 길에 동물 병원에 들러 기본 검진을 했는데, 몸무게가 340그램이었다는 거다. 분양자는 3개월짜리라고 했는데, 그 말이 맞는다면 아마 생존이 거의 불가능할걸? 그 수의사는 아주 못 먹었으면 이렇게 마를 수도 있다고 했단다. 지금 같으면 수의사가 돌팔이라고 욕했겠지만 그때는 아무것도 몰랐으니까. 그래서 우리 자매는 얘가 면역력이 약해서 금방이라도 어떻게 될까 봐 겁을 잔뜩 먹고 애지중지했다.

세 번째 충격. 세상에, 무슨 아기 고양이가 물건 한 번 엎은 적 없이 의자나 책상에도 안 올라가고 얌전하게 앉아서 놀다가 밥만 주면 흥분하고 달려와서 우걱우걱 먹어 댔다. 우리는 전 주인이 엄청나게 굶기면서 학대라도 한 건 아닌가 싶어서 눈가에 눈물을 그렁그렁 달고 밥그릇을 가득가득 채워 주었다. 그리하여 새 고양이의 이름은 평소엔 점잖고 고귀하지만 가발이 벗겨지면 땅거지가 되는, 당시 인기 있던 코미디 프로그램의 캐릭터를 따서 '루이 윌리엄스 세바스찬 주니어'로 정했다.

처음 며칠 밤은 잠을 제대로 이루지 못했다. 너무 작은 아기가 자꾸 우리 자매 곁을 오가며 품에 파고드는데, 돌아눕다가 깔려서 큰일이 나기라도 할까 봐 겁이 났다. 그래서 개강 초 며칠은 욱신거리는 어깨와 허리를 주무르며 학교에 다녔다.

나중에 기억을 그러모아 발육 상태를 따져 보니 루이는 당시 생후 한 달 무렵이었고, 정보와 경험 부족에서 온 쓸데없는 충격과 공포였다.

루이가 무럭무럭 자라는 동안, 직장인이던 동생보다 나와 함께 보낸 시간이 더 많아서였는지, 정신을 차려 보니 루이의 이모였던 나도 어느새 루이 엄마가 되어 있었다. 그리고 나와 동생이 함께 혹은 따로 이사를 할 때마다 루이도 내 방으로, 내 집으로 이사를 다녔다. 그러면서 동생 단지도 만나고 아빠도 생겼다.

크게 아프지도 않고 속상하게 한 적도 별로 없는 착한 아들. 열 살이 넘으며 살이 너무 빠지고 신장 기능도 슬슬 떨어지고 있지만, 루이는 아직 건강하다. 꼬장꼬장하고 까칠하고 자존심은 하늘처럼 높고 빼빼 마른 할아버지. 2019년 우리는 열여섯 번째 3월 2일을 맞이했다. 우리가 앞으로 세 번 정도만 더 3월 2일을 함께 했으면 좋겠다. 너무 힘들지 않게, 많이 아프지 않게. 그게 루이에게 바라는 딱 한 가지 소망이다.

우여곡절 많은 금동이

_금동댁

"나 고양이 데리고 올 거야."

고양이 노래를 부르던 나의 말에 부모님의 반응은 "그래." 한마디였다. 부모님도 이미 마음의 준비를 하셨던 걸까? 하지만 그런 덤덤한 반응에 불안해진 건 나였다. 고양이가 아프면 쓸 수 있는 큰돈이 있나? 만약 데리고 왔다가 적응 못 하면 어떡하지? 매달 사료, 간식 등 고정비 지출은 부담 안 되겠지? 모든 질문에 나의 답은 오케이.

'그래, 나는 준비됐어. 이제 고양이만 오면 돼.'

나는 다시 한 번 굳게 마음을 먹고 가까운 분양 숍에 전화를 했다.

"러시안블루는 얼마인가요? 샴 고양이는요? 혹시 코숏(한국의 짧은 털 고양이)도 있나요?"

그런데 문득 내가 지금 고양이를 데리고 오려는 건지 물건을 사려는 건지 헷갈렸다. 어떤 분양 숍에서 "코숏은 품종 고양이가 아니라 여기엔 없어요. 대부분 입양해요."라고 했다. 얘는 얼마예요, 재는 좀 비싸요 하는 말을 들으며 기분이 묘해지던 때 들은 단어 '입양'. 그래, 사지 말고 입양을 하자! 그렇게 인터넷에 고양이 입양을 검색했고, '코리안숏헤어, 치즈냥, 8개월, 성격 좋음'이라고 쓰인 고양이를 보았다. 그렇게 나는 2016년 1월 3일 광명의 어느 아파트 단지에서 금동이를 처음 만났다.

집에 가는 내내 우는 금동이 때문에 덩달아 불안해졌다. 집에 도착해 우리 집에 첫 발을 디딘 순간 "와 크다!" 소리가 절로 나왔다. 정말 정말 컸다(지금은 더 크다.).

금동이는 처음 온 집인데도 어색함 없이 안방에 들어가 냄새를 몇 번 맡더니 그대로 드러누웠다. 그런 금동이의 뻔뻔함에 웃다가도 적응을 잘할 수 있을 거란 생각에 안도했다. 하지만 웬걸, 고양이는 잠이 많다고 하지만 너무 많은 것이 아닌가. 게다가 밥도 안 먹었다고 아빠가 이야기했다. 우리는 그길로 병원으로 달려갔다.

"간 수치가 안 좋으니 약 처방을 해 드릴게요. 그리고 8개월은 아니고 10개월인 것 같고 중성화도 안 되었네요."

입양 보낸 사람에게 연락을 했지만 답장이 없었다. 혹시 금동이가 아파서 입양을 보낸 걸까? 하지만 걱정하지 마, 금동아. 누나에게는 널 위해 아껴 둔 적금이 있어. 너 안 아프게 해 줄게.

아빠는 금동이를 위해 아침마다 알약을 갈아 밥에 넣어 주셨고 다행히 간 수치가 좋아졌다. 그리고 중성화 수술을 위해 유명 동물 병원에 부모님이 금동이를 데리고 갔다. 나는 주말 근무로 가지 못했는데 전화가 왔다. 금동이가 이미 수술이 되어 있다는 소식이었다! 그리고 나이가 두 살은 됐을 거라는 소식도. 세상에!

입양 초기보다 넉넉해진 금동이

그리고 또 알게 된 사실. 입양했을 때 받은 이동장 주머니에 있던 병원 수첩을 나중에 발견했는데, 2013년 12월생이고 이름은 크리스였다. 금동이는 8개월도 두 살도 아닌 세 살이었다. 크리스가 나를 만나 졸지에 금동이가 되었지만 앞으로 함께 하는 모든 시간 동안 어떤 고양이보다도 행복하게 해 주고 싶다. 사랑해, 금동아.

미르, 뽀꿍이, 쎄리, 카이, 콜라야 사랑해

_오미르

운명의 첫 고양이 미르

고양이를 좋아하지만 고양이를 키울 수는 없다고 생각하던 시절, 고양이 동호회에 가입했다. 구경만 하려고 했지. 신기했다. 고양이는 사람과 전혀 소통하지 못하는 줄 알았는데 웬걸 사람이랑 친하게 지내고 이름도 알아듣는다고 한다. 그리고 가장 놀라웠던 건 고양이를 키우려면 고양이가 생을 다하는 날까지 책임져야 한다는 것. 이것은 생각하지도 못한 대목이었고, 나는 못하겠다고 생각했다. 한 치 앞을 내다보지 못하는 게 삶인데 15년 이상 한 생명을 책임지는 건 너무 무거운 일이라고 생각했다.

그래서 계속 구경만 하려고 했다. 입양란도 구경만 하려고 했지. 거기엔 양주의 동물구조협회에서 데려온 남매 새끼 고양이 둘이 있었다. 거기다 두면 죽을 게 뻔하니까 데려와서 임시보호 중이라고 했다. 내가 그중 한 녀석을 탐내고 입양 신청 메일을 보내게 될 줄이야.

한 달 이상을 기다려서 데려온 미르는 우리 집에 오자마

데면데면한 남매로 15년을 함께한 미르(위)와 뽀꿍이

자 집 안을 한 바퀴 돌며 탐험을 했다. 그러고는 내 무릎에 폴짝 올라와 몸을 말고 잠을 자기 시작했다. 너는 나를 언제 봤다고 나를 믿고 잠을 자는 거니. 그때의 감동은 아직도 잊히지가 않는다. 캔따개 생활의 문을 열어 준 나의 사랑, 나의 첫 고양이 미르는 16년을 가족으로 함께 살다가 무지개다리를 건너갔다.

전화위복 뽀꿍이

길고양이 나비의 아기가 쥐끈끈이에 붙어서 털이 홀랑 빠졌다고 했다. 병원에 데려가 처치를 하고 하룻밤 병원에서 지냈다. 다음 날 수의사는 바로 길에 내보내면 피부가 감염될 수 있으니 실내에서 며칠 데리고 있으라고 했다. 그래서 뽀꿍이는 우리 집에 오게 됐다. 가만 따져 보니 나비의 딸도 아니었다. 하여튼 아기 고양이를 길로 다시 내보낼 수가 없으니 입양을 보내야 할 텐데 털 빠진 몰골이라 누가 데려가겠나 싶었다.

그래도 여기저기서 연락이 많이 왔다. 그때만 해도 뭘 몰라서 입양 신청자들이 다 좋은 사람들로 생각되었다. 예를 들어, 부모님이 적적해하셔서 고양이를 선물하려고 한다는 신청자도 있었는데, 지금 같으면 답장도 안 보냈겠지만, 나는 그 사람도 선한 사람으로 느낄 정도로 무지했다. 고양이는 열흘 만에 신혼부부에게 가게 되었다. 너무 예쁘다며 데려가서 정말 고마웠다. 달랑 열흘 데리고 있었는데도 너무 서운하고 허전하고 보고 싶었다. 뽀꿍이는 동생 둘까지 거느리고 실컷 사랑받으면서 지냈다.

그런데 일곱 달 뒤에 뽀꿍이는 우리 집으로 돌아왔다. 이런저런 사정이 생겼고 상황이 나아질 때까지 우리 집에 맡긴 거였지만, 내 마음속에서는 이미 내 고양이였다. 돌아와서 사흘 동안 침대 밑에 숨어 있던 뽀꿍이는 나흘째 되던 날 나와서 오랫동안 온몸을 뒹굴고 부비부비하며 컴백홈을 알렸다. 그리고 우리 집에서 열여덟 살까지 살았다.

요정처럼 왔다 간 쎄리

아기 고양이가 과자 봉지에서 과자를 꺼내려고 애쓰고 있었고, 남자 중학생들 서넛이 둘러서서 구경하고 있었다. 그때쯤 나는 이미 업둥이를 들이고 입양 보내는 일이 너무 고통스러운 일이라는 걸 알아 버려서 다시는 그런 상황에 처하고 싶지 않다고 생각할 때였다. 아마 중학생들이 구경하는 상황이 아니었다면, 나는 아마 그냥 지나쳤을지도 모른다.

그래서 중학생들 옆에 가서 쪼그려 앉았을 뿐인데, 아기 고양이는 내 일행의 다리를 타고 오르더니 내 무릎으로 옮겨와서 고르릉거리기 시작했다.

할 수 없이 집으로 데려오는데, 안고 있는 동안 고르릉 모터가 쉼 없이 돌아갔다. 동물 병원에 데려가서 검진을 받아 보니 횡격막이 없어서 뱃속 장기가 다 흉강으로 올라가 있고, 한쪽 폐는 기능을 못 하며 다른 쪽 폐도 2/3만 살아 있다고 했다. 심장도 물론 멀쩡하지가 않았다. 보기에는 너무 멀쩡해 보이는데 믿을 수가 없었다.

입양 보내려던 생각은 접었다. 사는 데까지 즐겁게 살다 가라며 최선을 다해 놀아 주었고, 곧 죽을 거라던 쎄리는 7년 반 동안 즐겁게 놀다가 무지개다리를 건넜다.

우리 집 유일한 인싸 고양이 카이

쎄리가 죽고 나서 나는 다시는 행복해지지 못할 것 같았다. 마음 한 구석이 비어서 아무리 웃어도 빈 곳이 채워지지 않을 거라고 생각했다. 그러다가 미르와 뽀꿍이가 6개월 차이 나는 나이인데 앞서거니 뒤서거니 비슷한 시기에 떠나면 어떡하나 덜컥 겁이 났다. 그러니까 쎄리의 빈자리에 오게 된 고양이는 일종의 보험이었다.

어느 카페 입양란에 얼굴과 앞발이 피투성이인 아기 고양이 사진이 올라왔고, 이 고양이는 순식간에 내 마음을 빼앗았다. 구조자가 쓴 사연을 보니까, 길에서 아기 고양이가 사람을 따라다니며 고래고래 소리치고 있었는데, 어디 가는 길이어서 그냥 두고 갔다고 한다. 돌아오는 길에 보니 그 고양이가 피를 철철 흘리고 있어서 동물 병원으로 데려갔다고 한다. 인중이 찢어져서 꿰매고 앞발톱 하나는 제거해야 했다고 한다.

집에 어르신 고양이들이 있으니 좀 더 얌전한 쪽인 여아로 들이고 싶었다. 그 아기 고양이는 다행히 여아라고 쓰여 있었다. 입양 신청자가 없었는지 연락하자마자 바로 입양이 확정됐고, 데리러 가면서 여아 맞느냐고 한 번 더 확인했다. 맞다고 했다. 길에서 만나서 고양이를 이동장에 넣고 데려오는데, 똥꼬 밑

위부터 쎄리, 카이, 콜라

우리 집에 와 줘서 고마워

에 달린 땅콩을 보았다. 길에다 파양할 수도 없는 노릇이고.

동물 병원에 들르기엔 시간이 늦어서 집으로 데려왔다. 방에 격리하고, 나머지 사람과 고양이 들은 거실에 있었는데, 자기도 같이 있고 싶다고 고래고래 소리를 지르고 방문 아래로 손을 넣으며 난리를 치길래 할 수 없이 문을 열어 주었다. 낯선 곳에 처음 온 고양이가 아니라 우리 집에서 태어난 애처럼 굴었고, 고양이 형님 누님한테 하악질 한 번을 안 했으며, 예상대로 우리 집 최고의 파괴왕이 되었고, 유일하게 손님을 두려워하지 않는 고양이이며, 본명인 카이보다는 카잉이라는 애칭으로 더 많이 불리고 있다.

외면했다면 천년을 후회할 뻔한 콜라

혹한의 어느 겨울날, 친구가 전화를 했다. 새끼 고양이가 차 앞에서 꼼짝 않고 웅크리고 있어서 차를 뺄 수가 없다는 것이다. 어떻게 해야 하냐길래, 고양이를 가방에 넣어서 동물 병원에 데려가라고 했다. 죽은 듯이 있던 고양이는 따뜻한 실내에서 정신을 차렸는지 병원에서 어느 캣맘의 손을 아작냈다고 했다. 너무 겁이 많아서 그런 거고, 어리니까 길들일 수 있을 거라고 말해 주었다. 그리고 야생 아깽이 길들이는 법을 검색도 하고 묻기도 해서 알려 주었다.

3주쯤 뒤에 친구 집에 가 보니 아깽이는 여전히 사람들과 거리를 좁히지 못하고 있었다. 아무리 생각해도 고양이를 너무 모르는 친구가 길들일 수 있을 것 같지 않았다. 고양이가 그 집에서 밥은 먹고 살겠지만, 체온을 함께 나눌 존재 하나 없이 일평생을 산다면 너무나 고독할 것 같았다.

그래서 아기 고양이를 대신 길들여 줄 사람을 수소문했다. 하지만 아무도 나서지 않았고, 할 수 없이 내가 맡게 되었다. 나도 자신이 없었지만 콜라가 카잉이를 의지하고 지내는 건 가능할 것 같았다. 사람이랑 친하지 않은 고양이일수록 같은 고양이 종족를 좋아한다는 걸 고양이 동네에서 익히 봐 왔기 때문이다. 일단은 길들여서 돌려보내는 걸로 데려왔지만, 마음속으로는 입양도 각오했다.

우리 집 거실에서 케이지 생활을 시작한 콜라는 눈만 마주치면 하악질을 했는데 사정없이 하찮고 귀여웠다. 다행히 콜라는 먹성이 좋고 노는 걸 아주 좋아해서 조금씩 달라졌다. 하악질은 여전했지만 케이지 안에 있는 한 콜라는 자기가 안전하다고 느끼게 되었고, 장난감에 열렬히 반응했다. 그리고 야생 고양이를 길들인 경험이 많은 지인이 우리 집으로 와서 시범을 보이면서 길들이는 방법을 알려 준 덕분에 콜라의 케이지 탈출이 가속화되었다. 그리고 11일 만에 케이지를 완전히 벗어나 침대를 정복하며 우리 집 고양이가 되었다.

카잉이를 좋아하리라는 건 예상했지만 예상보다 훨씬 더 형아를 좋아했고, 고마운 건 털도 꼬리도 없는 반려인간들도 매우 사랑한다는 점!

막둥이로 살다가 갑자기 외동이가 된
카잉이도 콜라를 의지하게 되었다.

우리는 인사를 했고 평생 함께할 거야

2020년 2월 10일 1판 1쇄

글 : 겸연 외 42인
표지 일러스트 : ©나노
디자인 : 권석연
펴낸이 : 전미경
펴낸곳 : 곰곰
등록 : 제2019-000155호
주소 : 03975 서울시 마포구 연남로 61-1 102호
전화 : 02-335-2041
팩스 : 0303-3443-4560
전자우편 : gomgompress@gmail.com

값은 뒤표지에 적혀 있습니다.
잘못 만든 책은 구입하신 서점에서 바꾸어 드립니다.
ISBN 979-11-967147-0-3 03810

이 책의 국립중앙도서관 출판예정도서목록(CIP)은
다음 홈페이지에서 이용할 수 있습니다.
http://seoji.nl.go.kr CIP제어번호:CIP2020002062